Le duel des grands-mères

DIADIÉ
DEMBÉLÉ

Le duel des grands-mères

ROMAN

J'AI LU

Le petit balafon ne répète que
ce qu'il entend du grand balafon.

Proverbe malien.

I

À la maison tout le monde parle songhay, peul, bambara, soninké, senoufo, dogon, mandinka, tamasheq, hassanya, wolof, bwa. Mais, à l'école, personne n'a le choix : il faut parler français. Si l'idée me vient aussi de jouer le finaud, de mélanger le français avec mes langues que personne ne comprend, tout le monde se moque de moi, et j'hérite du symbole. *Walaye bilaye !* C'est un petit bout de bois carré, tellement magique qu'il peut, tout seul, créer de la division et de la soustraction dans l'argent de mon goûter. Mais moi, je ne me laisse pas faire. S'il me tombe dessus le jeudi, je le terrasse le vendredi. S'il revient le lundi, je lui brise les jetons le mardi. Oh non ! Je ne vais pas me faire avoir aujourd'hui. Avant-hier, c'était avant-hier ! Avant-hier, je me suis fait avoir ! Avant-hier, ce truand d'Adama Dansoko a glissé le symbole dans mon sac. Je n'avais même pas parlé en bambara. Je le jure sur le plat de *mafé*, que ma langue n'avait prononcé aucun mot archaïque en classe. Je ne m'en suis rendu compte qu'une fois arrivé à la maison. De retour en classe, j'ai protesté. J'ai cherché des témoins. J'ai remué ciel et terre, fleuves et lacs, grande sauce et petite sauce, bol de bouillie et verre de thé. M. Coulibaly n'a rien voulu entendre. Il m'a obligé à payer l'amende. Avant-hier, c'était avant-hier. Aujourd'hui, je suis vigilant. Je n'aurai pas le symbole. Ni pour le bambara, ni pour le soninké, ni pour le malinké, ni pour le faux français.

La première confrontation, entre le symbole et moi, fut mémorable. C'était en deuxième année fondamentale. Je ne parlais pas encore le français. Notre maîtresse, Mme Guindo, l'avait apporté du jour au lendemain après une brève discussion avec ses collègues qui nous trouvaient bruyants, et qui avaient mûrement réfléchi à la question avec une équation du type symbole égal silence au carré. Accord interclasse paraphé par les maîtresses des classes voisines, Mme Guindo vint et déclara universellement : « Désormais, tout le monde parle en français. Celui qui ne sait pas parler français se tait ou garde le symbole. Un point, un trait. » Silence de mort, les signes remplacèrent les mots. L'avant-bras pour dire « passe-moi-ta-règle », signe tournevis pour le taille-crayon et signe nettoyer-la-vitre pour la gomme. Le symbole devint maître de notre langage. Pour ne pas l'avoir, il faut parler français. Ça, c'est la version officielle. Mais entre les méchants élèves, les escrocs de l'acabit d'Adama Dansoko, les bonimenteurs, les resquilleurs et les pirates, les coups bas sont de mise.

Dans l'affaire-ci, le silence est roi. Si je ne peux pas tenir ma langue, je parle en signes. Je surveille l'itinéraire du symbole avec la plus grande vigilance. Je ne laisse jamais mon sac sans surveillance, un symbole pourrait facilement s'y glisser. Et lorsque je demande la permission de sortir, à mon retour, je vérifie mon sac. Le symbole est très malin. Il se glisse tout seul dans les sacs. À midi pile, je n'adresse la parole à personne. Surtout pas à mes compagnons de route tant que je ne suis pas sorti de la cour de l'école. On ne sait jamais qui a le symbole à cette heure-ci. S'il m'arrive d'oublier toutes les autres règles, je cours très-très vite avant que le symbole n'apparaisse. Ce n'est pas une blague ! Mieux vaut s'éloigner des problèmes verbalement transmissibles. Si je n'ai retenu aucune de ces règles et que je finis par l'avoir, malgré les stratagèmes et les subterfuges, je ne m'en débarrasse jamais-jamais en cachette. Sinon, l'enseignant déclenche une enquête et ça peut finir mal.

Un jour, je rentrai à la maison, frustré de ne pas être à la hauteur, et demandai à M'ma si elle pouvait m'apprendre le français. Elle me dit, l'air dépitée, qu'elle ne comprenait pas le français. Je lui fis des misères, vraiment des misères, à lui réciter *Les Misérables* de Victor Hugo sans l'avoir lu. Elle essaya de me contenir, mais je résistai. Elle finit par appeler N'pa. Ils parlèrent au téléphone. Elle me passa le combiné. Je lui dis ma peine de ne pouvoir parler la langue de la maîtresse et du méchant symbole. Il demanda à M'ma d'ouvrir sa grosse-grosse valise, là-dedans, il y avait tous ses vieux livres de français qui l'avaient aidé à devenir un toi-dis-moi-dis, débrouillé-écrit-parlé, un direct-cash-cash.

Il en fut ainsi. J'eus le Bescherelle de grammaire et conjugaison, le Petit Robert et le Grand Larousse. Le lendemain, je revins en classe, avec les livres de N'pa. Mme Guindo me dit : « Tu es au premier cycle. Ce n'est pas ce qu'il te faut. » Je tentai une explication, mais elle m'arrêta : « Un point, un trait. » Elle me donna une feuille. Au retour, je la montrai à M'ma. Elle la montra à un lettré. La sentence tomba. Ce dernier me dit : « Tu dois lire le syllabaire *Mamadou et Bineta*. Toto tire tata, tata tire toto. Tu to ta te tè té. » Une poésie première qui me poussa à tutoyer Mme Guindo le lendemain matin. *Saziké !* Elle réajusta ses lunettes que les plis du foulard empêchaient de correctement retomber sur ses oreilles, et me dit : « On ne tutoie pas sa maîtresse. On la vouvoie. » Je *vroum-vroum* vrombis comme une voiture. J'eus droit à la réglette.

Depuis, j'essaie de parler le bon français, de tutoyer les *tutoyables* et de vouvoyer les *vouvouyables*. D'ailleurs, quand j'écris, j'utilise du gros français, très-très glacé ; j'utilise des temps très-très compliqués, tellement compliqués que les Français, vrais Français qui habitent dans le pays de neige, ne les utilisent plus. Je fais des phrases longues, très-très longues, tellement longues que, sorties de leur contexte, on pourrait rouler dessus avec des remorques-dix-tonnes. Je fais genre je suis un écrivain chevronné, je décris l'environnement avec beaucoup de poésie, de douceur et de discursivité, comme si j'étais sorti tout droit de la cuisse de Jupiter, alors que je ne suis même pas foutu de différencier une strophe d'un vers. Pourtant, je n'ai avalé aucune encyclopédie, aucun dictionnaire, aucun syllabaire, c'est simplement mon côté extravagant (qui aime trop-trop faire), j'aime bien montrer que je sais, que j'ai bien-bien appris le français, le très gros français des grands professeurs agrégés en littérature des grandes et hautes écoles qui se restaurent au lieu de manger, et que-dis-je-que-dis-je au lieu de se tromper. Donc, moi aussi, comme je comprends ce gros français-là, je sors de temps à autre (oui, de temps à autre au lieu de temps en temps) des mots hyper-compliqués de mon frigo linguistique, mais ce n'est rien, c'est juste pour rafraîchir mon vocabulaire.

Écrire, déposer sur la feuille les mots que me dicte la petite voix qui hurle car elle ne sait pas encore sa langue, traumatisée par le « symbole » et fascinée par le gros-gros français, et qui a toujours eu peur de se retrouver dans un internat arabe avec une tablette de bois et un encrier. Peut-être qu'au lieu d'écrire, je devrais sortir dans la rue et crier ma langue aux voisins fonctionnaires qui sont un exemple pour N'pa ; hurler ma langue à mes cousins impérieux qui n'ont que le soninké dans la bouche ; et tirer la langue aux camarades de classe qui ont obéi au symbole. Parler serait plus facile ! Ainsi, je pourrais retrouver la langue que M'ma m'a mise dans la bouche lorsque j'ai prononcé pour la première fois son nom, après avoir bu son lait et mordu méchamment son téton en prévision du sevrage, et qu'elle s'est écriée : « *A ti M'ma.* » Ainsi, je pourrais retrouver le goût de son lait maternel sur ma langue, et cesser d'écrire comme un vieux moine français au gros ventre prénommé Stanislas et qui habite dans son monastère, habillé d'une soutane noire dans laquelle il cache une quantité remarquable de sucreries.

Pourquoi ne pas exécuter, tout de suite et sur-le-champ, la pirouette en chantant des airs de Jacques Brel ou faire une valse sur du France Gall, implorant le ciel pour son petit Babacar, afin de libérer mon côté français, montrer que les efforts de N'pa ne sont pas vains ; et que dans dix ans, nous mangerons à table avec des couverts en argent disposés comme à Versailles tout en discutant de la beauté du jardin à la française que j'aurais fait pousser dans mon château construit avec l'argent de la fonction publique ? Au lieu de tout ça, j'écris comme si c'était à moi que l'ange Gabriel avait ordonné d'apprendre, ce jour de l'an 610 du calendrier grégorien, d'aller cueillir le savoir jusqu'en Chine à dos de chameau et sans gourde d'eau, s'il le fallait. Et puis, j'écris tout ça dans une langue que M'ma ne pourra même pas lire puisque ce n'est pas la langue qu'elle a reçue dans sa bouche lorsqu'elle buvait le sein de sa mère, même si je ne suis pas censé le dire ainsi. Je ne sais pas si tout le monde sent les mêmes odeurs que moi, qui marche dans le brouillard des identités produit par les essentialistes de tout bord, magiciens mélangeurs de souches alchimistes de l'identitaire comme le dirait Stanislas, le moine français au gros ventre qui habite dans son monastère. Mais c'est une odeur d'huile de palme qui empeste mon cerveau lorsque je vois le gratin dauphinois à la télé.

Recette Saka-Saka : il faut de l'huile de palme, beaucoup d'huile de palme et quelques feuilles de manioc, ou de patates ou de baobab. Et si vous avez de la salade qui traîne quelque part dans la cuisine, ajoutez-la au mélange vert. C'est bon pour la santé.

Je veux retrouver ma langue.

On ne m'a pas écouté ! J'avais bien dit à Malick de surveiller la route. Mais ce nigaud s'est mis à rêvasser. Voilà ! Elle nous a attrapés ! Nous sommes bons pour la morgue. L'hyène joufflue va nous dévorer. Sa panse acide va nous broyer. D'ici une heure, nous ne serons plus que des crottes fumantes dans la savane arborée. En attendant la fin, nous sommes tous les trois à genoux, tête baissée, front contre le mur. De temps à autre, je jette un coup d'œil, à ma gauche et à ma droite pour anticiper un éventuel coup de fouet. Dans ce genre de situation, M. Diarra peut surgir à tout moment. Sans aucun scrupule, il est capable de nous riffauder le dos avec sa cravache par surprise. Je souffle pour me calmer. L'air, qui s'échappe de ma bouche, se cogne au mur. Il revient dans mon nez avec mon haleine pleine de *ngomi*. Autour, je ne vois aucune ombre de M. Diarra. Il n'y a que mes deux co-punis. Malick gémit et renifle sa morve. Moussa serre les dents. Sa respiration est difficile. Sa mâchoire saillante lui donne un air de statuette animée. Notre geôlière, Mme Pressée, dépasse le mur du son. D'un bond, elle rentre dans la caverne de M. Diarra. Puis, elle vient au-dehors, accompagnée du méchant vampire : « Alors, comme ça, on essaie de crever les pneus de sa surveillante ? » Nous nous relevons de manière synchronique et marchons vers la caverne. Il ne faut surtout pas regarder M. Diarra dans les yeux. Sinon, ça va aggraver notre cas. Mme Pressée referme la porte derrière nous. Nous sommes foutus ! Euh, Dieu d'Ibrahim et de Mohamed, sauve-nous ! Nous ne sommes que des enfants ! Amen !

La caverne de M. Diarra, le directeur de l'école, est austère. Il y a un bureau sur lequel sont entassées trois piles de dossiers complétées par son trône, une espèce de chaise tournante en cuir. Le portrait de Jean Piaget est accroché au mur. L'endroit est sombre. Le soleil n'y entre jamais. Le seul morceau de ciel qui nous vient est broyé par les grilles de la fenêtre. On est debout, bras croisés comme des pionniers. M. Diarra s'assoit comme s'il continuait une tâche plus importante et fait cliqueter son stylo. Le bruit sec et mécanique me donne des frissons. Il veut entendre notre version des faits. Il fixe Malick :

— Qu'est-ce qui vous a pris ?

Sa langue détache chaque syllabe.

— C'est Moussa et Hamet qui m'ont dit de le faire !

Le coupeur de routes ! Il veut nous enfoncer, avec ses grandes oreilles, à balbutier devant M. Diarra. Je savais qu'on ne pouvait pas compter sur lui. Je fais un clin d'œil à Moussa. Il est éloquent. Malick essaie de bouger les lèvres. Trop tard, Moussa lance la contre-offensive :

— C'est faux monsieur ! C'est Malick qui nous a dit de le faire. Vous voyez, parce que l'autre jour, à cause de Mme Préé... (Il balbutie) Mme Konaté je veux dire, notre vraie madame de français nous a demandé de faire une dictée-contrôle. Nous avons tous eu zéro. Même le premier de la classe (comme si c'était important) ! Malick a dit que Mme Konaté est une mégère qui devait payer pour ça.

— Ce n'est pas vrai ! Il ment ! *Walaye !*

Malick a tout faux. Ce n'est pas en hurlant qu'il saura convaincre. M. Diarra se tourne vers moi en croisant ses doigts bagués. Qui est fou ? On m'observe, ici et là, un mot de trop ou de travers, Malick aura gagné. Je dois prendre parti pour mon avocat :

— Ce que Moussa dit est la vérité !

M. Diarra secoue sa main droite, et tourne la montre à son poignet :

— Il est 7 h 42, c'est bientôt la montée des couleurs. Alors, qu'est-ce qu'on fait ?

Le silence remplace les apitoiements. M. Diarra se balance dans sa chaise tournante, pose ses coudes sur la table et nous balaye du regard :

— Est-ce que je convoque vos parents ?

— Non ! glapit Malick.

M. Diarra se délecte de sa couardise. Il prend un air soupçonneux et braque ses yeux sur nous. Moussa fait l'infaisable. Il le regarde droit dans les yeux. Il fixe son regard. Il met sa pupille dans la pupille de M. Diarra. *Saziké !* Tout ce qu'il ne faut pas faire. Il le sait ! Nous le savons tous et toutes ! Même le bébé dans le ventre de sa maman le sait. M. Diarra ne supporte pas que les enfants le regardent dans les yeux. Il dit que c'est malpoli, irrespectueux, et effronté ! Il dit qu'un enfant qui regarde les adultes dans les yeux est un enfant qu'il faut redresser, un enfant qu'il faut envoyer en pensionnat, un enfant qu'il faut envoyer au prytanée militaire, un enfant qu'il faut confier aux pères missionnaires. Mais Moussa est bête. Bête à manger du foin ! Bête à avaler une noix ! Bête à regarder M. Diarra dans les yeux. Alors M. Diarra ne perd pas de temps :

— On va faire ça ! Je vais appeler vos parents et leur dire ce que vous avez fait ! Je commence par toi, jeune Samaké. (Parlant de Moussa.)

Il saisit le combiné, et fait mine de composer un numéro sur le fixe. Moussa l'abruti, le crétin, le niais, le stupide, continue de le fixer. Yeux dans yeux ! Comme on défie un lutteur sénégalais. Il ne cligne même pas, avec sa tête remplie de crottes. M. Diarra est dépassé. Moi-même, je suis dépassé. Est-ce que Moussa est normal ? M. Diarra s'empare d'une pile de dossiers :

— Sinon, je peux aussi vous rendre vos dossiers, comme ça, vous allez trouver une école qui accepte les cancres. Oui ! Je vais faire ça ! Parce qu'il est hors dc question que je vous garde dans mon école. Alors, par qui je commence ? (Il fouille dans le tas.) J'ai ici le dossier de Malick Dramé. Alors, regardons ça ! Ton père, c'est bien le docteur Ousmane Dramé ? Quel homme respectable ! Mais quel grand docteur ! Dire qu'il paie cher pour ton éducation. Il ne sera pas content d'apprendre que son fils est renvoyé. Mais que faire ? Les règles sont les règles ! Même pour le fils d'un docteur.

M. Diarra sait où appuyer pour faire mal. Il sait que Malick a très peur de son père. Il sait que Malick ne supporte pas l'idée de décevoir son père. Il sait que Malick est un lâche. Voilà ! Il a réussi ! Malick a craqué :

— Pitié monsieur, pitié, on ne va plus recommencer ! Faites à cause de Dieu le miséricordieux !

Il frotte ses gros yeux pleins de larmes avec le rebord de son tee-shirt. La morve s'étale sur son nez aquilin jusqu'au menton. Il me fait pitié, à céder aux chantages. Quel faible ! M. Diarra profite de la faille pour s'y glisser :

— Avez-vous conscience de la gravité de ce que vous avez tenté de faire ? Savez-vous combien coûte une voiture ? Imaginez si vous aviez réussi à crever les pneus, et que Mme Konaté avait pris le volant sans les vérifier ? Elle aurait fait un accident ! Un accident !

Malick gémit de plus en plus fort. Il toussote et sa poitrine fait *dong-dong*. M. Diarra se tourne vers moi. Je sens son regard. Mais je le fuis. Ne surtout pas le regarder dans les yeux.

— Savez-vous qu'on peut vous mettre en prison pour ça, même si vous êtes des enfants ?

Un coup de poing *bang* sur la table. La sentence tombe :

— Vous allez monter et descendre jusqu'à ce que je revienne (il fait le geste avec sa main), et gare à vous si vous arrêtez ! Allez vite au pilori !

Je plie les genoux. Mes fesses touchent mes talons. Je monte. Je descends. Malick et Moussa aussi. M. Diarra se lève, et sort. Il laisse la porte entrouverte. Mme Pressée nous jette un regard satisfait.

J'habite dans le quartier de l'ancien parc sur la rue de la ferme, au croisement de l'avenue des trente-mètres et du boulevard du plateau : la rue numéro 824. Pour les locaux, c'est la rue à côté du maquis « La brique rouge » et de l'hôtel « Mango-II », où il y a la « Benne-place » et le hangar de la vendeuse de riz Fatoumata qui-ne-fait-pas-de-crédit. Le quartier n'est ni cossu ni populaire. Ceux qui ont un-peu-un-peu achètent des chiens bergers allemands et écrivent « Attention chien méchant » sur leur portail ; les autres ouvrent grandement les leurs et s'asseyent devant la boutique de l'épicier pour surveiller les allées et venues. De l'autre côté, sur l'avenue, les minibus verts, Sotrama, font abstraction du code de la route sous le regard complice des policiers, dont la dignité est évaluée à mille francs CFA. Ils transportent de leur mieux l'armée de travailleurs et étudiants venus des villages alentour, et au-delà : les vendeurs ambulants, les rabatteurs, les agents informels de change, les restauratrices des marchés, les maçons, les menuisiers, les ferrailleurs, les étudiants du conservatoire et de l'Institut national des arts, les danseurs, les peintres, les sculpteurs, les laveurs de voitures, les cireurs de chaussures, et toutes ces âmes dans leur quête effrénée de la survivance. Et les habitants informels non inquiétés par les services vétérinaires du district, depuis l'épidémie de grippe aviaire : les ânes, les vaches, les chevaux, les chèvres, les moutons, les chiens, les chats, les tourterelles et quelques coqs occupent à leur manière les artères principales et rues adjacentes, avec ou sans les propriétaires. Quant aux désœuvrés et autres chômeurs, ils prennent d'assaut les grins dès midi jusqu'à trois heures du matin, pour cancaner, moucharder, et bavasser sur l'origine occulte des grosses fortunes, qui, toutes sans exception, auraient sacrifié un membre de leur famille, un collègue, ou une jeune cible qu'ils auraient piégé avec de l'argent. Éreintés par leur propre médisance à friser le ridicule, ils s'enfoncent dans la nuit et recommencent dès le lendemain.

Construite en trois blocs, avec des fenêtres et des portes grises, notre maison ressemble à un palais inachevé, à cause de sa couleur tabac qui lui donne des airs de maison rouge. Le bloc principal, bâti sur deux niveaux, domine les deux autres à la manière d'un minaret imposant. Mes frères et moi l'avons baptisé : « la Chine populaire ». Il est habité par une panoplie de familles, toutes plus abracadabrantesques les unes que les autres. Le second bloc, que nous avons appelé « cinq étoiles », est occupé par les cousins, qu'ils soient de sexe masculin ou féminin. En parallèle de ce bloc, juste après le garage, sont dressés la cuisine, le magasin de stockage et les toilettes extérieures. Au milieu de la cour, un grand manguier déploie ses énormes branches. Le troisième bloc, « le harem », où nous habitons, est le plus abouti architecturalement. À l'extrémité, Mathiné dispose d'une chambre, et d'une salle de bains prolongée par un couloir qui donne sur le salon. La chambre que je partage avec mes frères donne également sur le salon. À l'autre extrémité se trouvent la chambre de M'ma et sa salle de bains ; ainsi que la chambre des filles. N'pa espère y ajouter un autre niveau qu'il mettra en location. Pour le moment, il doit finir son chantier de Kabala. Derrière les blocs se trouve la fourmilière, une pièce unique qui sert à loger les amis de la famille. L'ensemble est une cour commune où les propriétaires (nous) et les locataires se côtoient à longueur de journées.

Il est certain que N'pa n'a pas choisi l'emplacement de la maison en fonction des habitants, lorsqu'il l'a achetée. En 1997, c'était encore un petit hameau à la sortie de Bamako, composé de vergers, de fermes et de quelques villégiatures où les riches commerçants venaient se rouler-rouler et s'éparpiller dans leur hamac en compagnie de leurs maîtresses sous les manguiers. En seulement dix ans, ceux que N'pa appelle « les fonctionnaires » ont pris d'assaut le quartier. Des petites villas décorées d'antennes paraboliques à deux niveaux ont poussé partout. N'pa dit que c'est à cause de la densité du centre-ville, de ses grandes familles et des grands marchés, que les fonctionnaires s'exilent dans notre quartier. Il dit que ce sont des individualistes occidentalisés qui ne pensent qu'à leur monogamie et à leurs deux-trois-enfants. Mais je ne suis pas de cet avis. Ces lots leur avaient été attribués bien avant que N'pa ne pense à acheter un terrain à Bamako. C'est le prof de géographie qui l'a expliqué dans son cours sur l'aménagement du district de Bamako. D'ailleurs, ils ne sont pas tous dans la fonction publique, mais N'pa n'a que faire de cela, tant qu'ils payent des jardiniers pour entretenir leurs fleurs, portent des attachés-cases remplis de documents, roulent en Peugeot 504 et lisent *L'Essor* ou *L'Indépendant* le dimanche après-midi sur leur terrasse, ils sont « fonctionnaires » selon N'pa Larousse.

La craie blanche colore le tableau noir. Le maître nous enfonce des mots dans la bouche. Manger. Nous mangeons du français tous les jours. L'école-là est en pause : ses murs, ses portes, ses fenêtres, ses tableaux, ses bancs, ses craies, ses chiffons, son drapeau. La vérité est qu'on ne prend pas ça pour faire du beignet de haricot, ni du riz au lait, ni même du couscous de sorgho. On laisse ça aux termites et aux rats. Ils n'ont qu'à tout grignoter et tout ronger avant demain. Pour moi, c'est uniquement un endroit pitoyable où les parents nous envoient pour se relaxer la journée, sans se soucier de ce qu'on subit là-bas. *Saziké !* M. Diarra ne fait que taper notre devant et notre derrière. J'ai mal en tout mon corps. Mes fesses sont endolories. Je ne peux même pas les montrer à M'ma. Si je montre ne serait qu'une trace de piqûre de moustique, elle aussi va rajouter autre chose, et puis ça va gonfler comme de la farine avec de la levure. Alors qu'est-ce que je fais ? Le matin, je prends mon petit-déjeuner à la maison. Je dis à M'ma que je vais à l'école. Le matin, j'arpente la rue des manguiers. Je dis bonjour au boutiquier. Je lui dis que je vais à l'école. Le matin, j'achète vingt-cinq francs CFA de *froufrou* près de la mosquée. (Il y a du lait en poudre dessus. C'est succulent !) Je dis à la vendeuse que c'est mon goûter pour la récréation. Mais les pattes de la salamandre touchent les murs de la classe, mes pieds restent dehors. La crête du coq touche le plafond de la classe, mes bras restent dehors. Depuis-depuis que M. Diarra nous a montré sa vraie couleur de peau, que les pères de Malick et de Moussa leur ont dit de ne plus traîner avec moi parce que je suis un délinquant en puissance A carré plus B carré (qui risque de les contaminer comme si j'étais un méchant virus), je ne vais nulle part. Je reste assis sur les murets de ce chantier. Parfois, je sors les billes, et je joue tout seul. (Ce n'est pas toujours plaisant). Sinon, je sors aussi un roman et puis je lis. (J'aime ça ! Lire des romans.) Quand la cloche sonne, je rebrousse chemin, et je reviens à la maison. La vendeuse de *froufrou* pense que je vais en classe. Le boutiquier pense que je vais en classe. M'ma pense que je vais en classe. Donc, on est d'accord que je vais en classe.

Aujourd'hui, je ne suis pas sur le muret du chantier. Je marche sur le boulevard du plateau en direction du marché de Kalaban-coro. Parce que mes plans ont été gaspillés net. J'avais prévu de lire un roman, de jouer aux billes et de manger mes beignets. J'étais assis tranquillement sur le muret, et puis les ouvriers musclés sont arrivés avec leurs piques et pelles sur l'épaule. Ils ont commencé à tout déblayer, à mélanger le sable, avec le ciment et les graviers. Je n'ai même pas eu le temps de tourner la page, de fermer mon roman, de le ranger dans mon sac, que j'ai entendu l'un d'eux me signaler : « Regardez ! Il y a un petit garçon là-bas. Quelqu'un le connaît ? *Eh ! Kamalen !* Jeune homme ! » Moi aussi, j'ai caché le sac *chap-chap* derrière la rangée de briques, et j'ai pris mes jambes à mon cou. Je ne sais pas pourquoi j'ai réagi comme ça. Et puis, j'ai marché *vroum* sur la rue principale de l'Adekene, jusqu'à ce que je sois arrivé sur le boulevard du plateau. Je fais des allées et venues, façon c'est périlleux. Ça fait une demi-heure que je fais cela. Je dois être aux aguets. Si je reste au même endroit, quelqu'un va finir par me tomber dessus, et aller ouvrir son museau de rapporteur devant M'ma.

Je trace ma route. J'arrive au carrefour du marché. Le sable ralentit mes pas. Mes sandales s'enfoncent. Je redouble d'efforts. Des kiosques de revendeurs et de réparateurs jonchent le bord de la route. Un étal de bananes par-ci, un étal d'oranges par-là. Les odeurs du marché envahissent mes narines. Le sol est plein de boue et de matières visqueuses. Pas de sens de circulation, tout le monde se carambole. Les hangars sont fabriqués à la main. Chacun ramasse son morceau de contreplaqué qu'il colle à une poutre et jette dessus de la paille. Celui qui a un cousin menuisier négocie un comptoir en plus. Celui qui a un cousin soudeur-ferrailleur, en plus de ça, obtient le plus beau hangar. Je passe les étales, n'achetant rien, laissant traîner mon regard sur les tas de fruits, de légumes et d'épices envahis de mouches et d'insectes. Des cris de vendeurs à la sauvette tiennent lieu de chœur aux discussions bruyantes des marchandages.

— Hamet ! Eh Hamet !

Qui me *hehoie* ainsi ? Est-ce une humaine ou un djinn ? Je ne vois personne. Un passant me fait une tape sur l'épaule et indexe la provenance de la voix. *Tane* Salimata. *Samprain !* Pourquoi ? C'est carrément la poisse ! N'est-elle pas censée avoir son comptoir au marché du golf ? Que fait-elle ici ? *Samprain !* Je me meus lentement vers elle. Ses clientes tripotent les marchandises. Je dis bonjour. Une cliente l'aborde en même temps que moi :

— N'as-tu pas cours aujourd'hui ? Trouve-t-elle le temps de demander avant de s'occuper de sa cliente.

Il me faut élaborer un mensonge. Un gros, et vite ! Qu'est-ce que je peux inventer ? Elle est preste. Les secondes passent vite. Elle a déjà emballé le paquet. Je réfléchis ! La cliente glisse sa commande dans le panier. *Tane* Salimata lui remet sa monnaie. La cliente s'éloigne. Une autre s'avance. *Tane* Salimata ne m'a pas oublié. Elle répète sa question, comme si je n'avais pas entendu. Ça y est, j'ai trouvé :

— Non *tane*, les enseignants sont en grève.

— Ah, c'est toujours comme ça dans les écoles publiques, oh. Vraiment, ce pays-là quoi ! On ne peut pas dire son tout. Sory aussi est à la maison ces derniers jours à cause de la grève. D'ailleurs, il est là. Je l'ai envoyé faire de la monnaie. Viens t'asseoir en attendant qu'il revienne.

Les écoles privées ne sont pas en grève. Elle n'en est pas au fait. C'est déjà bien. Il ne faut surtout pas éveiller les soupçons. Je m'efface derrière le comptoir d'épices *koso-koso*. Ni vu ni connu. Elle continue à ergoter avec ses clientes. Tout d'un coup, j'aperçois Sory qui court vers l'étal, le poing serré. Il l'ouvre :

— Maman ! Maman ! Je n'ai pas trouvé de monnaie. Je suis même parti jusque chez le vendeur d'essence. Il a dit qu'il n'a pas la monnaie.

Tane Salimata lui reprend le billet vert de cinq mille francs CFA et le range sous le comptoir. Elle agite deux billets bleus de deux mille francs vers la cliente qui s'impatientait :

— L'enfant n'a pas trouvé de monnaie. Je suis désolée. Je te dois encore quatre cents francs.

— Ce n'est pas grave. Demain, tu le donneras à Fatou. Au revoir !

— Au revoir Bintou !

Sory se met à ranger des marchandises. Il ne m'a pas vu. Celui-là, on dirait qu'il a emprunté ses yeux chez un Ivoirien.

— Hamet est là, je lui ai dit de t'attendre, lui dit *tane* Salimata.

— Mais qu'est-ce que tu fais là, toi ?

— Comme toi ! Leurs maîtres sont en grève, répond sereinement *tane* Salimata.

J'essaie de faire signe à Sory par le coin de l'œil. S'il parle, je suis mort. C'est sa mère, mais il n'y a pas plus rapporteuse dans le quartier que *tane* Salimata. Tous les soirs, elle se promène avec son plateau d'oranges *pekete pekete,* soi-disant pour vendre. Mais *walaye,* façon dont sa langue est rapide. Elle rentre dans toutes les maisons. Elle te prend dans la douche, te dépose en slip devant les gens, toi-même, tu es tellement surpris que tu perds tes mots. Si elle te voit sur ton caca, mieux vaut pour toi que tu ailles le raconter toi-même. Parce que le monde le saura tôt ou tard. Sa bouche ne porte pas de culotte. Sans attendre, elle désigne du doigt le pousse-pousse relevé sur les sacs de marchandises :

— Pourrais-tu aider Sory à apporter les affaires à la maison ?

— Oui, *tane.*

— Merci, mon grand.

Quel merci mon grand ? Moi, je ne veux pas seulement que tu saches ce que je te cache. *Nafigui !* Mais comme toi-même tu n'es pas affairée, ça me va ! Nous chargeons le pousse-pousse. Sory saisit la manche. J'appuie sur le côté. Direction le quartier de la colline rouge : « Kouloubleni ».

Je lève les yeux au ciel. Le vent poursuit le soleil dans sa course. Les feuilles s'envolent. Le soleil s'arrête au milieu de sa course pour chauffer nos têtes. Le vent disparaît. Les ménagères mettent le sel dans leur sauce. Les vieillards rejoignent l'ombre. Les adolescents s'attroupent autour des baby-foots. Il faut que je rentre. J'abandonne Sory et son pousse-pousse. Sur la rue de la mosquée, une moto-taxi tricycle passe à toute vitesse, enfonce un pneu dans une flaque et éclabousse des passants. Ils l'insultent copieusement. Le conducteur garde la tête droite. Je vais à ma planque. Le buisson est touffu. J'y entre. Les briques, derrière lesquelles j'ai caché le sac, ne sont plus là. Le sac non plus ! *Samprain !* Si je retourne à la maison sans le sac, M'ma va me trucider. Je suis foutu. Il reste une solution : « affabuler ». J'atteins rapidement la maison, après avoir couru comme un forcené. Devant la cuisine, Mathiné s'attelle à touiller sa sauce *yassa*. Je dis bonjour et je passe. Voyant mon dos nu, elle me demande où j'ai laissé mon sac. Je ne réponds pas. Je trace jusque dans « le harem ». Arrivé devant la chambre de

M'ma, je crie : « On a volé mon sac d'école ! On m'a dépouillé de mes affaires ! Oh Dieu ! Oh Mohamed ! » (Si je n'avais pas peur de Dieu, j'aurais repris les mots de *L'Avare* de Molière en même temps). M'ma est là en deux secondes :

— Qu'est-ce que tu dis ? On a volé ton sac ! Où étais-tu lorsque c'est arrivé ?

— J'étais en train de marcher dans la rue de la mosquée. Et puis, deux grands gaillards étaient à moto. Ils me l'ont arraché. Ils sont partis.

Elle noue rapidement son foulard. Pieds nus, elle se dirige vers le salon. Je marche derrière elle sans me presser :

— Les gens qui étaient là-bas, n'ont rien dit, n'ont rien fait ?

— Il n'y avait personne.

Elle se tient le menton entre le pouce et l'index, puis incline la tête vers l'avant. Elle m'ausculte les bras et les jambes. Je remue la tête de gauche à droite. Je ne suis pas blessé. Mais elle a l'air de me croire. Mon mensonge tient la route. La longue matinée de promenade m'a épuisé. Mes vêtements sont imbibés de sueur. Je dois me laver.

Pluie, viens ! Viens, Pluie ! Tu nous laves. Tu nous désaltères. Tu mouilles nos terres comme la lave.

Pluie, viens ! Viens, Pluie !

Ventre plein, Hamet content. J'ai mal mangé le riz à la sauce *yassa* jusqu'à ce que j'aie failli avaler ma langue. Je vais faire une petite sieste avant la tournée de l'après-midi. Je suis dans le lit. J'entends mon nom crié. Je ne réponds pas. Il ne faut jamais répondre la première fois qu'on nous appelle. Ça peut être un sorcier ou un djinn qui complote. La voix s'amplifie. C'est celle de M'ma. Elle s'impatiente :

— Hamet ! Hamet n'est pas là-bas ?

— Oui M'ma ! Je suis là ! J'arrive !

— Sors ici !

Je suis sur le perron. Je pousse un jappement. Je n'en crois pas mes yeux ! Qu'est-ce que M. Diarra fait à la maison ? Surtout, on reste calme. Garder son sang-froid. Aucun geste brusque. Les mains, le long du ventre. L'ennemi est potentiellement armé :

— Bonjour monsieur !

— Bonjour Hamet Tandia !

— Assois-toi ! m'ordonne M'ma.

J'attrape timidement le tabouret et puis je pose mes fesses dessus. Les fesses que M. Diarra n'arrête pas de chauffer avec son fouet ! Les fesses que je ne pose plus en classe à cause de lui !

— Hamet, qu'est-ce qui te manque dans cette maison ? Dis-moi ? (Elle a joint les doigts de ses deux mains pour les ouvrir vers moi.) Ton directeur vient de me dire que tu n'es pas allé en classe depuis trois jours. Trois jours, Hamet ! Trois ! (Elle montre sa main en baissant le mineur et le pouce.)

Le directeur dit la vérité. Mais sa vérité ne m'arrange pas aujourd'hui, elle ne m'arrange pas demain. Mais qu'est-ce que je peux répondre à ça ? Je ne vais pas en rajouter. Je connais M'ma. Elle aime les drames ! Si je parle, elle va commencer à dire : « Est-ce à moi que tu réponds ? » Elle va crier, et vouloir me saisir le bras. Et si j'esquive, elle va dire que j'ai voulu la frapper. Oh j'ai voulu la frapper ! Et puis, tout le monde connaît la suite de ça. Donc je me tais ! Oh ! Je me tais ! Elle se tourne vers M. Diarra :

— Hamet sort tous les jours ici pour dire qu'il va à l'école. Matin, midi et soir ! Aujourd'hui même, il est revenu en disant qu'on lui a volé son sac. Je voulais même passer à l'école signaler ça.

— Non, madame Tandia ! Son sac n'a pas été volé. C'est moi qui l'ai récupéré. Des ouvriers l'ont trouvé dans les buissons derrière l'école. Son nom était écrit sur les cahiers. Le voici !

Pouah ! Je suis dans le pain. Qu'est-ce qui a poussé ces imbéciles à prendre mon sac, et à le donner à ce vampire ? Eh, Dieu de Mohamed ! *Ne sara bi !* Je suis mort et enterré.

— Hamet ! (Elle appuie sur le Ha.) Donc tu veux m'humilier devant mes ennemis ? Tu veux me porter sur un plateau et me montrer au monde ? *Walaye*, je jure sur Allah ! Tu ne vas pas rester ici. Je vais appeler ton père.

Elle rabat son pagne entre ses jambes et se frappe frénétiquement la cuisse. M. Diarra clame :

— Non ne jurez pas, madame Tandia, j'ai la solution.

L'enfant des gens souffre ! Moi qui croyais que M. Diarra allait me frapper, me ligoter, et m'enchaîner dans sa caverne. *Djaga-djaga* sa solution était de me rajouter des cours privés le week-end avec son neveu doctorant à l'université. Lui aussi, avec sa bouche de poisson, et ses oreilles de lapin, passe son temps à me faire faire des opérations. *Sazıké !* J'ai cours tous les jours ! Même samedi et dimanche ! C'est fatigant. M'ma dit que je l'ai cherché et puis je l'ai trouvé. Si j'étais resté tranquille, rien de tout cela ne serait arrivé. N'pa dit que c'est pour mon bien. (Je suis sûr que c'est M. Diarra qui lui a mis ça dans la tête.) Il dit que je dois apprendre le français, les mathématiques et la physique-chimie pour devenir comme les voisins fonctionnaires. Parce que lui, il n'a pas eu cette chance ; parce que lui, c'est un *yigo andaga* France, un ouvrier tête noire qui casse les murs des toubabous en France et nettoie leurs immondices ; parce que lui, c'est un débrouillé-écrit-parlé qui sait simplement griffonner son nom et son prénom ; parce que lui, c'est un toi-dis-moi-dis lorsqu'il s'exprime en français ; parce que lui, c'est un direct-cash-cash qui n'a pas la langue de bois. Tout ça à cause de son père, mon grand-père. Ce type, au crâne chauve et aux dents jaunies par la noix de cola, venant d'un autre siècle, qui n'a pas voulu que son enfant aille à l'école des Blancs.

Au téléphone, il m'a dit que c'était en 1969. Il venait d'avoir sept ans. Les recruteurs d'école sur ordre du commandant de Yélimané (le préfet de son bled) arrivèrent dans le village. Ils réquisitionnèrent tous les enfants de son âge. Les parents, des grand-grands cultivateurs avec beaucoup de terres, n'étaient pas contents ; vraiment pas contents. Ils avaient besoin de leurs enfants pour les travaux, surtout les garçons. Ils se réunirent pour protester contre la décision. Pendant que les autres parents, grand-grands cultivateurs avec beaucoup de terres, criaient au scandale, son père, mon grand-père, parvint à garder le calme. Il ne dit rien parce qu'il savait les plans. La veille, les notables dont il faisait partie avaient réuni tous leurs enfants et les consignes étaient claires. Personne ne devait répondre correctement aux questions. Et si les examinateurs insistaient, les enfants devaient répondre à côté pour qu'on les juge inaptes à être recrutés. L'on reprit les consignes plusieurs fois et l'on demanda si elles avaient été comprises. Tous les enfants répondirent oui. N'pa aussi. Les adultes avaient leur plan. N'pa aussi. Le lendemain, les enfants furent montés sur des chevaux et des ânes, d'autres marchèrent pour rejoindre Yélimané afin de passer les tests d'aptitude. Toute la matinée, les enfants, obéissant aux ordres des adultes, avaient joué parfaitement la comédie. Lorsque le tour de N'pa arriva, il croisa ses bras, releva la tête et fixa l'examinateur comme pour dire qu'il était prêt. *Sazikè !* Les autres grimacèrent, essayèrent de lui faire des signes. Le grand cousin alla jusqu'à lui donner un coup de coude dans le flanc *gali*. Mais N'pa se concentra. Il voulait aller à l'école. Il dit le nom de son père et de sa mère. Il dit son âge. Il donna le résultat de l'addition trois plus deux, puis cinq plus cinq, puis dix plus dix. Il fut retenu. *Samprain !* La peur prit le grand-cousin. Il ne savait pas comment annoncer cette nouvelle à son oncle mon grand-père. Il resta auprès de N'pa à Yélimané. Deux autres acceptèrent la lourde tâche et retournèrent au village avec les recalés. Lorsqu'ils arrivèrent au village et que N'pa fut, non pas du nombre des recalés, mais de celui des retenus, son père, mon grand-père, devint furieux. Il ne dormit point de la nuit. Le lendemain matin, il sortit très tôt, alla au bois sacré pour arranger les traces du destin afin d'arracher son fils des mains des Blancs. Mais celles-ci furent du côté de N'pa. Son double résista au changement. Son père revint au village, consulta les cauris, mystiques coquillages à la fente miraculeuse. Mais la réponse fut négative. Il partit alors chez son ami l'homme rouge, l'artisan des destins, l'expert en déviation de parcours (le genre de féticheur qui pouvait transformer un homme en lézard). Ils entrèrent tous les deux dans la nuit noire et ressortirent dans le jour blanc, heureux de leurs travaux. Le lendemain, N'pa se présenta en classe. Le commandant arriva bras croisés dans le dos. Il devait faire une tournée officielle pour la rentrée. Les recrues se mirent en rangs pour le saluer. Il approcha N'pa, le regarda de haut en bas : torse et pieds nus, grosse culotte kaki et une tablette en bois à la main. S'adressant à l'enseignant, il dit qu'il ne voulait plus voir N'pa dans la classe. L'enseignant, pris de cours, demanda ce que N'pa avait fait de mal. Le commandant fit comprendre que ses ordres n'étaient pas à discuter. Silence royal dans la classe. Les mouches volèrent en paix. N'pa fut renvoyé, sans raison, simplement parce que sa tête ne plaisait pas au commandant. Mais N'pa savait que c'était son père, mon grand-père, qui avait fait ça. La force tranquille l'attendait justement à l'extérieur de la cour. N'pa ressortit en larmes, avec ses rêves brisés. Son père mon grand-père le prit par la main, et lui dit : « Rentrons mon fils. Je ne te laisserai jamais dans la perdition. »

Lorsque j'eus six ans, et que M'ma voulut m'inscrire à la medersa (école arabe), N'pa s'y opposa et m'inscrivit à l'école laïque de langue française. Il était illettré en français, son fils ne le serait pas.

Alors j'apprends le français, les mathématiques et la physique-chimie pour devenir comme les voisins fonctionnaires. Dans tout ça, M'ma s'en fout un peu de l'école. *Saziké !* L'autre jour, quelqu'un était entré dans ma chambre. J'avais trouvé les tiroirs de la commode ouverts. Mes vêtements étaient dépliés. Et qui est-ce que je vois ? M'ma qui était en train de renverser mes affaires :

— Qu'est-ce que tu fais dans ma chambre ?

— Ta chambre ! Ta chambre ! Connais-tu le prix du sac de ciment ? Si je trouve avec ta bouche pour dire « Ma chambre », je vais te montrer ma vraie couleur de peau !

Elle a continué à chercher. Elle a retourné le matelas. Elle s'est mise à genoux, la tête penchée pour regarder sous le lit :

— Tu sais très bien ce que je cherche ! Si tu crois que tu vas transformer la chambre en dépôt d'ordures, tu te trompes !

Cette affaire-là m'a dépassé. J'ai déposé mon sac d'école, et ai ôté ma chemise que j'ai jetée en boule sur le plancher, puis me suis débarrassé du pantalon. Elle m'a indexé :

— N'est-ce pas que tu aimes sauter de tes vêtements ? Ramasse-les tout de suite ! Vite !

Je me suis baissé pour les ramasser, et puis elle me les a arrachés. Elle les a jetés sur le tas de vêtements sales qu'elle a déjà mis en boule. Elle a serré le tas contre sa poitrine pour sortir. Elle n'a pas supporté de ne pas trouver ce qu'elle cherchait. J'ai fermé la porte. J'ai remis le matelas en place. J'ai ouvert la taie. Tous les vieux cahiers étaient à leur place, bien cachés dans la mousse. Mon trésor était sain et sauf. Du moins, ce que je croyais. Elle est apparue comme une djinn en criant :

— Donne-moi ces cahiers !

— Mais maman !

— Pas de mais, vite ! Pendant que je te regarde, et tout de suite !

Ce n'était pas juste. Pourquoi a-t-elle fait ça ? *Walaye bilaye !* Si ça se trouve, M'ma appartient à un groupe d'auto-défense des mères « ne sachant ni lire ni écrire ». Comme les sorcières, elles se réunissent toutes les fins d'année pour décider de leur assaut. Les vendeuses de beignets sont les cerveaux des opérations. M'ma appartient au corps d'élite des mamans fouineuses. Elle traque le moindre papier qui traîne dans la maison : journaux, maquettes, cartons, livres, cahiers pour allumer leur feu de bois. Si ça se trouve, elle a un bunker quelque part sous la maison, où elle cache les cahiers avant de les exfiltrer. Et même que ce bunker sert de lieu de culte du groupe d'auto-défense qui vénère la déesse du « ne sachant ni lire ni écrire ». Elle lui fait des offrandes de cahiers vierges tous les jours au point qu'il devrait y avoir des tonnes de cahiers en dessous, tellement de cahiers qu'il faudrait des centaines de remorques et mille ouvriers pour tout transporter. Elle fait des prières à la gloire du cahier avec des bougies et des croix en papier. Les prêtresses de la déesse font une procession avec un cahier en or. Et puis la déesse, elle-même, est assise sur un trône en cahier, les cheveux coiffés d'un chapeau en cahier et représentée avec une croix en cahier sur les vitraux. Il existe un saint des saints du cahier où sont stockés les cahiers divins. Les papeteries et les librairies sont en réalité leur point de relais. M'ma est riche en milliards de dollars-cahiers. Mais alors, pourquoi cherche-t-elle à me voler mes cahiers ?

Je sais que M'ma n'est pas comme moi. Elle n'est pas allée à l'école française. N'pa a été recruté et chassé. Mais jamais-jamais, quelqu'un n'a dit en 1980 que M'ma, qui avait sept ans, pouvait faire des études. Elle est donc une tête noire. Elle ne sait pas prendre une note parmi le lot. Elle ne connaît ni les mathématiques ni la physique-chimie. Tout ce qui l'intéresse, c'est que je ne sois pas en train de lui casser les pieds toute la journée. Parce que je vais à l'école de huit heures à dix-sept heures. Elle s'en fout de mes cahiers. Elle arrache les feuilles de mes cahiers dès que quelqu'un veut noter un numéro ou emballer quelque chose. Je lui ai dit mille fois ! Un million de fois ! *Saziké !* M. Diarra n'aime pas qu'on abîme nos manuels. Il dit que nous devons prendre soin de nos effets. Mais M'ma ne m'écoute pas. Parce que c'est ma peau que M. Diarra réchauffe. Et puis, M'ma ne sait pas signer. Elle n'a pas de signature. En deuxième année, Mme Guindo ne voulait pas me croire. Elle disait que je lui mentais. Elle disait que ce n'était pas possible. Pourtant, je sais, Mme Guindo sait, M. Diarra et Mme Pressée savent, qu'il y a des mères et des pères qui ne savent pas lire et écrire. Maintenant, M'ma se contente de mettre des tirets ou des croix sur mes bulletins. Ce n'est pas joli. Mais c'est mieux que rien.

« Eh Hamet, cesse ton *toubabouya* et viens plutôt m'aider à décharger le panier et puis n'oublie pas ton cours de onze heures. J'ai croisé ton professeur de maths... Tu sais que ton père paie cher pour cela. » C'est la voix de M'ma. Elle revient du marché. Je me hâte pour l'aider avant qu'elle ne me demande si je veux la manger du regard.

Je dois faire attention, et tout bien ranger à sa place : déposer les légumes verts sous la jarre et les légumes rouges dans le panier d'osier ; mettre chaque épice dans le bocal vide qui lui correspond ; et ranger les fruits dans l'embrasure de la fenêtre du salon. Sinon, elle va venir dire que je l'ai fait avec un mauvais ventre. Elle va dire que j'ai fait exprès de mettre le gombo sec dans le bocal du sel, de mettre les tomates avec la menthe, de mettre le beurre de karité avec le beurre d'arachide. Et que, si je ne voulais pas faire, je n'avais qu'à le dire, elle allait s'en occuper elle-même, au lieu de le faire avec un mauvais ventre. (C'est arrivé mille fois !) Je reviens vers le panier de marché. Je remarque qu'elle y a gardé un sachet de beignets. Je glisse ma main dans le sachet pour en prendre. Elle me tape le bras pour me signifier que je suis trop grand pour les cadeaux du marché. « C'est pour les enfants ! », me dit-elle, comme si j'étais tout d'un coup devenu vieux comme Lionel Jospin.

À cet instant, des effluves de légumes envahissent la cour. Une épaisse fumée s'échappe de la cuisine, monte au ciel et s'efface entre deux rayons de soleil. Des toux sèches se succèdent *sogho-sogho,* avant qu'une forme humaine ne finisse par se réfugier au-dehors, martyrisée par le bois humide : « M'ma ». Elle me dit : « Apporte-moi ma radio, c'est l'heure du *Baroni*. » Je m'exécute, pénètre dans « le harem », traverse le long couloir qui débouche sur sa chambre et en ressors avec une mini-Sony. M'ma se saisit de la radio, vérifie les piles et se met à la recherche du FM diffusant le feuilleton radiophonique. Pendant ce temps, l'autre maîtresse de maison, Mathiné se prépare à sortir. Elle est assise peinarde sous le petit manguier, miroir à la main, et s'applique du mascara sur les sourcils. « *Gorobonè* ! », s'exclame M'ma pour ouvrir la discussion. Mathiné tord les lèvres pour esquisser un léger sourire. M'ma renchérit : « Tu es vraiment ravissante ! Tu as encore un mariage aujourd'hui ? » Mathiné roule des yeux, et dodeline de la tête. J'entends un début de discussion. Je sais que si je ne pars pas de mon propre chef là, on me dira qu'un enfant ne doit pas écouter la conversation des adultes. Je veux partir mais M'ma me rappelle. Elle a préparé un panier de fruits. Elle me demande de l'apporter au vieux Kanté. Lui là, avec sa barbichette et son accent suranné de tirailleur, il va m'embrouiller le cerveau, j'en suis sûr.

Le vieux Kanté est très âgé comme son nom l'indique. Il se balade en manteau toute l'année. On le dit être le plus vieux du quartier, mais personne ne connaît ni sa date de naissance, ni son lieu de naissance, ni même un quelconque ascendant à ce monsieur, après tant de péripéties, malgré qu'aujourd'hui il soit le grand-père et le père d'une bonne suite de « Kanté ». J'ai entendu dire qu'il serait né au début de la Seconde Guerre mondiale, dans un petit village malinké de Guinée qui se prenait pour le centre du monde. Sa mère serait morte en couches. Son père l'aurait confié à une sœur pour qu'elle s'en occupe. Cette sœur aurait déménagé avec son mari dans la région de Sikasso, dans un petit village de cultivateurs senoufos. Le camarade Kanté y aurait ainsi passé une partie de son enfance jusqu'à sa réquisition pour le lycée Terrasson-de-Fougères à Bamako. Dans une autre version, il serait né à la fin de la Première Guerre mondiale. Sa mère ne serait pas morte en couches, mais le camarade Kanté lui aurait sucé le sein jusqu'à le vider de son sang dès le premier allaitement, comme un enfant sorcier.

Dans ce quartier, les gens sont tellement affairés. Dès qu'il s'agit de parler du vieux Kanté qu'on appelle aussi camarade Kanté, tout le monde a une anecdote, une histoire, une épopée, qu'il aurait vue ou entendue ; et chacun se comporte en spécialiste de la Russie, de l'histoire, et de la sorcellerie. Certains disent, d'ailleurs, que c'est un fou qui se déchaîne dès qu'on lui parle de la Russie. D'autres disent qu'il est devenu fou parce qu'il a trop lu les livres de Blancs. Ils disent que les livres des Blancs, il ne faut pas trop les lire. Il faut lire juste un peu pour connaître l'alphabet et les calculs. Mais si on lit tout, le dedans et le derrière du livre, ce n'est pas bon. Les Blancs ont mis trop de sorcellerie là-dedans, et ça rend fou. *Walaye bilaye*, le nombre de choses racontées au sujet de son aventure en Russie peut être compilé pour faire trois *Kotèba*. J'ai entendu dire que, lorsqu'il était en Russie, il aurait participé à une opération de contre-espionnage au sein du KGB pour traquer, débusquer, capturer, torturer, dépecer, cuisiner et même tuer les traîtres ; et qu'à lui seul, il aurait matraqué trois espions jusqu'à ce qu'ils aient pissé dans leur culotte ; puis il les aurait jetés au goulag. Dans le quartier, on raconte aussi qu'en Russie, il aurait bu tellement d'alcool que son sang en contient toujours. Mais tout ça là, c'est de l'affairage sans salaire. Le vieux Kanté n'est pas un fou comme les autres. Il n'est ni sous l'emprise d'un esprit méchant, ni à la merci d'un esprit niais ; pas même un fou dont le cerveau est retourné à l'envers, et qui traite les autres de fous. Kanté possède des livres, des gros livres avec des écritures en gros français qui expliquent le monde à tout le monde. Il connaît la philosophie, l'ethnologie, l'anthropologie, la biologie cellulaire, la biochimie, la physique quantique, la linguistique, l'histoire, la géographie. *Walaye*, toutes les matières que même les professeurs et étudiants de l'université viennent chercher chez lui.

Sa maison est très grande. Plus grande que notre maison. J'entre dans son salon. Il y a beaucoup d'étagères pleines de livres. Comme d'habitude, il est assis avec un journal-papier. Il me voit, et enlève ses lunettes.

— Bonjour Ba'Kanté ! Maman m'a dit de t'apporter ça.

— Oh mon petit rival ! C'est fort aimable, mais ce n'était pas la peine. Tu la remercieras de ma part.

Je dépose le panier de fruits, et essaie de rebrousser chemin. Il me prend par la main et me retient :

— Mon petit rival, j'espère que tu travailles bien à l'école.

Je hoche la tête même si je suis effrayé par son geste. Il comprend ma gêne. Il me fait basculer vers lui et me fait alors asseoir sur ses jambes. Il me pose des questions sur l'école. Je n'ai pas beaucoup de choses à raconter à part les brimades de M. Diarra et les incessants cours de soutien. Il ne doit peut-être pas savoir. Il faut jouer à l'enfant poli, ne pas regarder dans les yeux ; répondre oui à tout et sourire. Je baisse les yeux. Il aime les livres, non ? Je montre du doigt la photo d'un vieil homme blanc barbu et moustachu, sur la couverture d'un livre posé sur une pile : « Le monsieur là-bas, c'est qui ? » Il se lève, se dirige vers la pile ; en extirpe le livre, et me le donne. Il se rassoit sans m'inviter sur ses jambes. Je m'assois en tailleur sur le tapis au sol et me mets à feuilleter le livre. Et je ne sais pas pourquoi il se met soudainement à me confier des choses d'adultes :

— ... Je sais ! Je sais bien que les contre-révolutionnaires m'en veulent. Ils attendent tous ma mort pour vendre le pays, partager la recette, et s'exiler en Suisse. Ils t'ont sûrement dit que j'étais fou, que je débitais des inepties à longueur de journée, que je suis bon à être enfermé dans un asile psychiatrique. Mais rassure-toi mon petit rival, rien de cela n'est vrai. En revanche, ce qui est vrai, je suis communiste. Ce n'est pas une insulte !

Il marque un silence, lève les yeux au plafond, murmure quelques phrases que je n'entends pas, puis continue :

— ...Tu sais, mon petit rival, les jeunes d'aujourd'hui ne savent pas ce qu'est la révolution. Ils se contentent de coller des posters géants du Che et de Sankara dans leur chambre, s'enrôlent dans les syndicats étudiants et terrorisent leurs camarades. Lorsque je leur parle du patriotisme et de l'intégrité des pionniers de la révolution, ils se mettent à ricaner et me traitent de vieux fou dans mon dos. Tôt ou tard, ils viendront se prosterner devant ma tombe, se recueillir et se souvenir de mes mots avec remords. Parce que moi, je sais ce qu'est la révolution. J'ai vécu la révolution du dedans, du dehors, de la couverture jusqu'à la dernière page. Si la révolution était une personne avec trente-deux dents, j'aurais entre mes mains son cordon ombilical.

Et puis, je n'ai qu'à faire quoi de ça ? De ses mains ankylosées, il me caresse la tête :

— Toi, mon petit rival, tu es l'avenir de la révolution.

Eh vieux père ! On ne va pas commencer avec les familiarités. Ma tête n'est pas un chat. Si tu n'enlèves pas ta main, je vais la casser comme du bois sec. Quelqu'un frappe à la porte. Sans quitter le fauteuil, il crie :

— Qui est-ce ?

Un jeune homme franchit le seuil de la porte, portant dans ses bras des gros livres. Il dit :

— Bonjour Ba'Kanté, je viens vous rendre les livres que vous m'avez prêtés.

La question s'échappe de mon gosier. Je ne sais pas comment :

— Je dois rapporter celui-là quel jour ?

— Non, mon petit rival, ce livre est pour toi. Maintenant, rentre ! Ta mère doit t'attendre.

J'ai rangé le gros cadeau du vieux Kanté. J'ai essayé de lire une page. Le degré d'exploitation par-ci, la stagnation des marchés par-là. Un paragraphe plus tard, il parle de plus-value et de variation dans le rapport dans la plus-value restant constant. Je n'ai, absolument, rien, compris. Son français est trop concentré. Et puis, le temps me manque. Je dois me préparer pour l'anniversaire de Papou. Ses parents sont des gens chics qui font des choses civilisées. Être présentable, donc, devient une obligation. Je mets ma belle chemise à carreaux, que je rentre dans le pantalon, puis ma cravate nœud papillon et mes jolis mocassins. M'ma et Mathiné sont devant la cuisine. Je me pose devant le regard de M'ma. Elle ne bronche pas. Elle continue de malaxer sa farine de mil dans la calebasse. Puisqu'elle ne dit jamais que je suis beau même lorsque je scintille comme le soleil, elle se tourne vers Mathiné :

— Regarde ton fils !

— Ah ! Le toubab ! Tu es enroulé comme les intestins du dibitier. Quelle élégance !

— Merci Mathiné, c'est toi qui seras à mes côtés, lorsque je serai ministre.

Mathiné éclate de rire. M'ma rapplique :

— Allez dire ça devant celle qui est jalouse. Mes préoccupations sont hors de cela.

— Mon fils, ne l'écoute pas. Si tu rentres dans l'eau, je rentre avec toi. Et même si tu rentres dans le feu, je rentre avec toi.

Cette remarque me donne des ailes. Mes pieds se suivent pour atteindre le portail. Une voix miaule :

— Hamet, attends-moi !

Je me retourne ! C'est un cousin. Il est enveloppé dans une tunique délavée aux motifs mi-floraux mi-pictogrammes, brodée avec de la laine. Son accoutrement est grossi avec d'énormes lunettes bleues. Il me suit à la manière d'un canidé. Je m'arrête et lui fais signe de déguerpir.

— Ba'Hamet *nda khandjo,* me supplie sa mère ma tante.

— Jamais, regarde ses vêtements ! On dirait un *Korèdouga*. (Bouffon sacré.)

Le cousin fond en larmes face à mon intransigeance. Il pleure vers sa mère, qui rassemble son pagne entre ses cuisses, le fait asseoir sur ses jambes et lui caresse la tête :

— Il dit que tu n'es pas assez bien pour lui. Reste ici, mon fils. Nous sommes de passage.

Nous serons bientôt de retour chez nous. Là-bas ! Personne n'aura honte de marcher avec toi.

M'ma fait la grimace. Je détourne le regard, et ignore son signal. D'un pas décidé, elle m'intercepte, me prend par la main, et me traîne au salon :

— Écoute-moi très bien, je ne sais pas ce que tu as encore dans ta grosse tête de Taboussi, mais si tu ne vas pas avec ton cousin à cette fête d'anniversaire, je vais te montrer que je suis celle qui t'a mis au monde. (Elle se tient le ventre.)

— Oui, M'ma.

Nous ressortons. Le cousin et sa mère ma tante ne sont plus là. M'ma bouscule ma tête avec son index. Je trace mon chemin et je sors.

On est là ! On est posés ! Et puis, ça sent le remugle de friture dans la cuisine. De l'autre côté de la cour, le gardien tient un tuyau d'arrosage qu'il braque sur les pieds des plantes fleuries. Ça sent aussi la terre mouillée. L'aide-ménagère empile les chaises pour les porter sur le toit. Je lui donne un coup de main. Les cousins de Papou, qui viennent d'arriver, s'occupent des casiers de boissons. Papou porte le plateau de chips derrière nous. Maintenant que tout est en place, le plus grand de ses cousins allume la radio. *Rousskass kass* ! Nous gigotons sur le couper-décaler ivorien. Nous nous trémoussons. Nous sautons, les genoux pliés à la descente. Descendre. Remonter. Position équilibrée. Gâter le coin. Et encore ! Sur le côté ! Nous chantons si fort que nos ventres se retiennent de faire parler nos derrières. La sueur ruisselle sur nos fronts. Une certaine mollesse finit par m'atteindre. Ce n'est pas commode de danser avec des mocassins. Essoufflé, je me retire sur une chaise. De l'autre côté de la table, se trouvent deux damoiseaux. Je ne les connais pas. Mais ils n'ont pas l'air d'être de la famille de Papou. Ils ressemblent plutôt à des invités de Mme Tereta, façon ils sont en train de *chokho* le français. Ils pensent qu'ils sont les seuls à savoir vomir-cracher. C'est ça qu'on va voir, moi aussi je sais faire cet accent cabotin de la gorge. Je me mêle à la conversation. L'un enchaîne des niaiseries sur ses vêtements venus des États-Unis. L'autre déclare porter les chaussures les plus chères de la soirée. Il me demande où j'ai acheté mes vêtements. Toi ? Est-ce que je t'ai demandé si ta grand-mère avait eu le bac ? Ressaisis-toi Hamet ! Tu es chez les gens chics, comporte-toi comme tel. Dis seulement que tu ne sais rien. Je lui explique qu'ils viennent de France. Un cadeau de mon père qui y travaille. Et là, il cafouille des choses dans une langue que je ne comprends pas. Ce n'est pas sorcier, il me critique. S'il continue, je lui arrache sa grosse langue fourchue. Il revient au français : « Ma mère m'a dit que les Soninkés qui vont en France font du ménage. Donc ton père est un homme de ménage. » Là, je ne tolère plus son dédain. Une gifle peut lui remettre les idées en ordre. Je passe à l'action. Il m'attrape par le col de la chemise. J'empoigne sa gorge. Un de ses soutiens me bouscule. Je tombe à la renverse. Mon pied atteint la table. Le gâteau s'écrase au sol. Papou se jette à terre. Il donne des coups de poing au sol.

II

Cela fait six mois que je subis les cours privés du week-end, que je n'ai pas de jours de repos, que je fais tout ce qu'on me dit. Six longs mois sans faire de vagues. Personne ne m'a félicité. Personne n'a dit : « Hamet est devenu un gentil garçon maintenant » ou : « Hamet est un enfant bien élevé. » Même personne n'a dit : « Maintenant, il a le droit de s'amuser. » Au contraire, on m'attaque, on me calomnie, et on me dénigre. La maison est envahie par une multitude de cousins qui veulent se décharger sur moi. Ils parlent tout le temps de moi, de la météo, du vent, du prix du lait, mais surtout de moi. Si on les écoutait comme on écoute les sermons du vendredi, je serais devenu un petit délinquant perdu qui mérite qu'on lui inflige une bonne correction parce que je n'accepte pas qu'on me prenne pour un zèbre sans rayures. Sornette de conneries ! de bêtises ! de carabistouilles ! *Walaye bilaye* tout cela n'est qu'un ragot à mon sujet.

Pour vous dire toute la vérité, je suis assis, comme ça sous ce soleil de *Walaha*, au milieu de la cour, les pieds blanchis par l'harmattan et me grattant légèrement la jambe. Je n'ai pas envie de parler à quelqu'un et si quelqu'un vient me parler, je lui montre la vraie couleur de l'eau. Parce que la colère tourne-tourne entre ma gorge et ma poitrine. Elle ne sait pas par où sortir, toutes les issues lui sont fermées. Elle, piégée, dans ma petite poitrine, que seule la parole peut libérer, me pousse à dire : *Saziké !* Je suis là, assis, comme un imbécile, alors que je devrais, en bonne et due forme, être au salon en train de savourer la télé, avec mon bol de bouillie lattée. Mais la queue du chien peut se reposer dans cette maison, moi, ma queue ne se repose jamais. À chaque fois que je décide d'avoir mon moment de tranquillité, ils viennent me chercher des problèmes. Qu'est-ce que je leur ai fait ? Rien ! Absolument rien qui vaille le coup de me transformer en bouc émissaire. Si ça continue, je vais courir jusqu'au commissariat du dixième arrondissement pour porter plainte. Ou même, je vais rassembler mes affaires, quitter cette famille, marcher jusqu'au Burkina Faso, et me trouver une nouvelle famille. *N'torola ! N'seguèna ! N'gnanina* ! Et puis, si je fais ça, les gens vont dire : « Mais qu'est-ce qui arrive encore au petit Hamet pour qu'il se comporte de la sorte ? Est-ce qu'il a perdu la tête ? Fait-il une crise de palu chronique ou est-ce l'insolence qui a mûri dans sa peau ? Donnez-lui quelques coups de fouet, ça va sortir le démon de son corps ». Ces gens-là, qui parlent sans savoir, se mettent à te frapper à la moindre occasion, sous prétexte que l'enfant n'appartient pas seulement à son papa et à sa maman, mais qu'il appartient à toute la communauté, et n'importe qui peut l'arrêter dans la rue pour se défouler sur lui.

Je suis assis dans mon coin, sans toucher personne, à regarder la rediffusion de mon émission préférée : « Des chiffres et des lettres ». Un cousin sort de nulle part pour me prendre la télécommande et changer de chaîne. Je garde mon sang-froid. Je lui demande de me laisser deux minutes pour connaître la réponse à la question des animateurs. Mais il persiste dans sa sauvagerie, et se rassoit avec la télécommande, comme si c'était lui le chef, et qu'il n'avait rien à faire du plus long mot obtenu à partir des lettres proposées. Je me jette sur lui pour prendre la télécommande. *Kriti krata !* Il me donne un coup de pied, me fait tomber à terre et me traite de chauve-souris. *Wayi !* je crie de douleur. Mathiné sort *Koumbètè Koumbètè* pour me sermonner. Alors que je n'ai rien fait à cet impétueux qui me cherche depuis-depuis.

Et puis, il y a ces voisines-locataires aux sourcils dessinés, parfumées à l'encens bon marché, montées sur des semelles de quarante centimètres, qui ne savent pas parler doucement, qu'on entend depuis l'au-delà, en train de mettre à jour les informations, parler de ce qui les regarde par les deux yeux, de ce qui les lorgne avec un œil et même de ce qui ne les regarde pas. Elles passent *fougoussa fougoussa* et me disent bonjour comme si je n'avais que cela à faire, comme si on me payait pour être assis sur ce tabouret et répondre aux bonjours des gens. On dirait qu'elles ne me connaissent pas, sinon elles auraient gardé leur bonjour dans leurs bouches de *nafigui.* Je réponds avec foutaise. Le bonjour n'est pas forcé. Qu'elles aillent à leur dimanche à Bamako c'est le jour de mariage et me laissent en paix !

M'ma se dirige vers moi. Elle ne tient ni un pistolet ni un poignard. C'est le téléphone qu'elle braque sur moi : « Ton père veut te parler. C'est sur haut-parleur. » Je dis allô parce que c'est N'pa. Même si je sais le pourquoi du comment il va crier pour dire que je n'ai pas raison, pour dire que je n'aurais pas dû réagir comme ça, pour dire que je ne dois plus recommencer. Alors je dis allô. Mais N'pa ne dit rien de tel. *Ahan ?* Que s'est-il donc passé ? Ma réponse n'est pas encore dite qu'il m'accuse d'avoir frappé son petit frère. Comment ça, son petit frère ? Il ne pense quand même pas que ce bonobo est mon oncle ? Ah bon, est-ce mon frère que tu traites de bonobo ? qu'il me demande. M'ma éloigne son bras qui part avec le téléphone. Elle essaie de reformuler ce que j'ai voulu dire. Tous les deux crient tellement fort que j'ai l'impression qu'ils sont présents au même endroit. N'pa accuse M'ma de me soutenir dans ma perdition et de couvrir mes bêtises. M'ma réfute et explique qu'elle a souhaité, dès le début, me conduire sur le droit chemin en m'inscrivant dans une medersa ; mais c'est N'pa, le toi-dis-moi-dis, qui a voulu que j'apprenne le gros-gros français, les mathématiques et la physique-chimie pour devenir comme les voisins fonctionnaires. N'pa rétorque qu'il n'est pas souvent à la maison, qu'il ne peut s'assurer de mon éducation, et que c'est à M'ma de m'apprendre les us et coutumes soninké. Il le dit avec beaucoup de malveillance. On dirait le méchant loup-garou en train de manger sa victime, la gueule pleine de chair et agitant la tête pour mieux déchiqueter les muscles. M'ma encaisse les blâmes et ne répond pas. N'pa continue à faire le méchant loup-garou. Un silence s'établit entre les deux, et plus rien. N'pa lui a raccroché au nez. Elle laisse tomber une, deux, trois, quatre perles de larmes et peut-être six. J'arrête de compter parce que j'entends ses gémissements. Elle disparaît. Le verdict ne met pas longtemps à tomber. Cette fois-ci je suis envoyé au village.

Oka ! Oka ! Osouka ! N'bané ka ! Diaman ka !

Le muezzin vient à peine de finir l'appel à la prière du matin. Je suis dans la chambre de M'ma. La porte est fermée à double tour. Mes vêtements sont dans un panier posé sur l'encensier. Elle brûle des quantités importantes de *barakanté* – graines anti-sorcier aux vertus *djinnastiques*. Elle marmonne des incantations. Je n'entends pas ce qu'elle dit. La fumée envahit la chambre. Les feuilles amères de caïlcédrat, qu'elle a achetées au marché la veille, sont infusées dans des litres d'eau, dont elle me remplit l'estomac, et me lave le corps. C'est pour me protéger du mauvais œil et des mauvaises langues qu'elle dit avant de m'enduire le corps de beurre de karité. Je me renifle. Ça sent l'ail dans le karité.

Oka ! Oka ! Osouka ! N'bané ka ! Diaman ka !

Elle me met en garde. Je quitte mon chez-moi bamakois pour aller dans mon vrai chez-moi, dans le village qui m'a vu naître, le village des origines, le village-mien des vraies identités. Mais je ne suis pas pour autant le bienvenu. Le village est un terrain miné. Le danger court toutes les rues et tous les sentiers de la brousse parmi les humains, les animaux, les plantes et les créatures invisibles. Il y a des serpents venimeux, des plantes vénéneuses, mais surtout des humains venimeux. Je dois faire attention à mes gestes, mes mots, mon regard, et ma nourriture. Surtout la nourriture. « Les gens ne sont pas toujours de bonne foi lorsqu'ils invitent à manger. Prends ton temps et observe. »

Ça là ! Je crois que c'est la fin ! Il n'y a plus d'espoir ! Je suis coincé dans ce siège usé au cuir déchiré à côté de ce vieux bougre insensible convoyeur des prisonniers de ma condition. Regardez-le avec sa tête impossible, on dirait quelqu'un qu'on a fabriqué avec de la bouse de vache. Il ne me regarde même pas. Il n'a d'yeux que pour sa radio, les papiers de son camion, et les bidons d'essence qu'il a posés sous mes jambes. Pour seul kit de survie, je n'ai que mon sac à dos. Il contient un complet de rechange, une paire de chaussures, trois caleçons, un short, un sandwich à la sardine et une bouteille d'eau. Deux passagers nous rejoignent dans la double cabine. Le chauffeur me fait déplacer. C'est toujours l'enfant qu'on jette derrière. Le jour où je vais grandir, je vais lui fracasser la tête avec une pierre. Je me retrouve coincé entre deux autres passagers à l'arrière. L'un d'eux demande au chauffeur :

— Est-ce ton fils ?

— Non, c'est un petit récalcitrant que j'escorte vers son village.

— Ah bon ?

— Il commençait à sortir du droit chemin.

— Oh là là ! C'est chaud pour toi, mon petit.

Qui t'a sonné, sale et répugnant homme ? Dieu va te punir. Tu vas tomber dans un puits et te casser la jambe droite. Tu vas mourir foudroyé comme le démon que tu es. Cochon ! Chien ! Oiseau sans bec ! Canard boiteux ! Est-ce que tu sais de quoi tu parles ? Est-ce que tu sais comment on me traite à la maison ? Tout ce que je pense ne sort pas de ma tête. Ça coince et ça me donne envie de chialer. Mais il ne faut pas pleurer. S'il voit que je pleure, il va penser qu'il a réussi. J'enfouis ma tête entre mes jambes. Ma poitrine ne peut pas supporter. Mon corps fait *dong-dong*. La morve coule à flots. Je renifle. Une main caresse ma tête comme si mes cheveux formaient une épaisse couche de broderie en soie qu'elle s'apprête à acheter :

— Ne les écoute pas mon grand ! Tout va bien se passer pour toi.

La voix est féminine. Je sens du métal rafler mon cuir chevelu. Elle ôte la main. Je relève la tête. Je remarque qu'elle a une bague à chaque doigt ou presque, avec des énormes bracelets jusqu'au coude. Sur son front, elle a posé un gros bijou de tête indien enfoui dans ses mèches brésiliennes surplombé d'un foulard noué dromadaire. (Le genre de dame dioula qui fait hurler les détecteurs de métaux dans les aéroports.) Elle tient un impressionnant sac à main vernissé. Elle l'ouvre et en sort une canette de boisson.

— Bois-en ! Ça te fera du bien.

— Non merci, tantie. Ça va aller !

— J'insiste mon grand !

— S'il n'en veut pas, donne-la-moi.

Le vieux bougre veut s'emparer de la canette, une main sur le volant et l'autre à la recherche du butin. La commerçante en sort une deuxième. Je prends la mienne et laisse échapper un timide merci.

Escale à Kayes-Ville. Je change de véhicule. Le chauffeur du camion me confie à son tour à un second chauffeur de minibus. Ils appartiennent à la même compagnie à ce qu'il paraît. Nous effectuons tout un détour par des champs en jachère peuplés d'acacias et de jujubiers. Le frottement des branches épineuses contre les vitres mal fermées envoie des débris dans mes yeux. Je n'arrive même pas à admirer le paysage. Un bébé, étouffé par la chaleur humide, hurle tout le vent de ses poumons dans les bras de sa mère honteuse d'être à l'origine d'un tel vacarme. Pourtant, elle n'a qu'à lui donner le sein. Les autres passagers discutent bruyamment. Je distingue : des Parisiens *yougo andaga* France avec leurs attachés-cases noirs ; des commerçants maures reconnaissables à leurs grands boubous bleu indigo pourvus d'une grande poche ventrale et à leurs turbans noirs ; et quelques voyageurs lambda comme moi. Je desserre les mâchoires.

Quoi que je fasse, je serai au village ce soir. Un vieil homme peine à s'en sortir avec son téléphone. Il veut appeler sa famille. Il pense qu'il s'agit d'un problème de réseau à cause de la mauvaise couverture en brousse, mais lorsque je prends son téléphone, je remarque qu'il ne l'a même pas déverrouillé. « Les jeunes et les machines des Blancs, c'est vraiment une histoire de jumeaux », s'exclame-t-il, heureux après le dénouement de son casse-tête.

Le minibus s'engage sur une voie étroite. Le paysage est peuplé de karités, de baobabs et de nérés. Des oiseaux de diverses espèces survolent le ciel et chantent tapageusement. À quelques mètres du minibus, on peut apercevoir un ruisseau qui dévale les pentes, mouillant d'énormes pierres en forme de galets géants, et formant un petit obstacle sur la route. Les pneus du véhicule commencent à patiner. Glissement *yobi-yobi* ! Le chauffeur ralentit. Aussitôt, le minibus s'embourbe dans un creux. Le véhicule penche légèrement sur la droite. *Patissakana !* Une panique prend à bord. On entend des tonnes des « *soubhanallah* » et des « *lahi laha* » chuchotés, puis un *Yougo Andaga* France psalmodie en levant les deux bras : « Qu'est-ce qui se passe ? » Le chauffeur se retourne vers nous : « Que personne ne bouge ! » Il descend, tourne en demi-cercle, puis nous invite à descendre dans le calme. Le véhicule penche davantage vers la droite. Je crois que c'est à cause de l'état de la route mais le chauffeur avoue que le problème vient de la surcharge sur le toit du minibus. Il faut donc trouver une solution. Le village le plus proche se trouvant à une dizaine de kilomètres, le chauffeur propose qu'un de ses apprentis aille demander de l'aide aux villageois. Mais des voix protestent au lieu d'aider : « Et s'il pleut ? », « Et s'il y a des animaux dangereux ? », « Je veux arriver en même temps que mes marchandises. Mes clients m'attendent. » Irrité, le chauffeur s'éloigne.

Nous sommes en pleine savane. Impossible d'avoir accès à un dépanneur. Et même si nous étions à Bamako, à moins que le minibus soit la propriété d'un des rentiers gros ventres qui vivent de la recette de leurs voitures, rien ne se serait passé. Nous sommes dans le pétrin pétri. Pour ne rien arranger, les commerçants maures continuent à grogner dans un soninké écorché, pendant que les Parisiens jouent les académiciens de la Rive Gauche dans un français aussi fragmenté que celui des tirailleurs sénégalais. Effrayé par les voix qui s'élèvent, le bébé se remet à pleurer. La mère le serre contre sa poitrine, et entame des demi-rotations de berceuse chantonnant : « *Tiou tiou* mon joli bébé. » Celui-ci, loin de se calmer, redouble de cris. Le vieil homme finit par le prendre à sa mère. Il le soulève en l'air, lui pince le nez, se met à tirer la langue et à froncer les sourcils. L'enfant se tait. Un autre camion finit par arriver. Après une discussion brève, les apprentis déchargent le minibus et placent les bagages dans le camion. Il faut pousser le minibus pour l'enlever du creux. Les commerçants maures commencent à jouer les manchots, suivis des Parisiens qui font mine de téléphoner. Et tout à coup, il n'y a personne pour se plaindre. Heureusement, le chauffeur du camion possède des outils pour remorquer le minibus. Ça ne lui prend que dix minutes. Nous repartons légers.

« Yélimané », c'est écrit sur la petite plaque rouge au fond blanc à l'entrée de la ville. Je suis officiellement arrivé au bled. La fin de journée me donne des vertiges. Je regarde l'horizon. Des ondes crépusculaires se dessinent là-bas. Au-dessus de ma tête virevolte une nuée de minuscules insectes. Si ce n'était pas à cause des rayons, je n'allais même pas les voir. Ils se seraient glissés dans mon nez et dans ma bouche. Je les chasse. J'ai l'impression d'arriver dans un film de cow-boys lorsque mon regard se pose sur les collines. Le charretier, envoyé par Mama, m'approche. Avec mon air perdu, c'est facile pour lui de me repérer. Une dizaine de kilomètres plus tard, nous sommes devant la maison. Je descends de la charrette et prends mon sac à dos. Mama surgit en courant : « Mon petit mari est là ! » Elle m'enveloppe dans ses bras. « Oh tu as vraiment grandi ! Tu es un homme maintenant. » Elle me tâte les épaules et m'enveloppe de nouveau. Le sac à dos tombe. Elle le ramasse, et me guide vers son bâti. « *Hamet ri ! Hamet ri !* » (Hamet est arrivé !) crient d'autres enfants de l'autre côté de la cour. J'ai à peine le temps de me dépoussiérer que les visiteurs commencent à affluer dans la maison, curieux de voir à quoi je ressemble, moi, le fameux Taboussi qui leur est envoyé par son père pour être remis sur le droit chemin. Étourdi, je serre des mains et souris niaisement, animé d'une résolution bravache de faire bonne figure. Cependant, des myriades de pensées me traversent l'esprit. Y a-t-il, parmi ces gens, les méchants dont parlait M'ma avant mon départ ? Me veulent-ils vraiment du mal ? Sont-ils enfin contents d'avoir réussi leur coup ? Je reconnais quelques visages que j'ai croisés à Bamako parmi le lot de personnes qui venaient pour se soigner, attendre leur mari en provenance de France ou flemmarder. Ils sont tellement nombreux qu'ils se frôlent à l'entrée, se tiennent serrés dans la véranda, tout près les uns des autres, s'asseyent parfois ou me saluent verbalement, débout, puis certains repartent une fois les civilités closes. Néanmoins, un noyau dur s'est formé autour de ma grand-mère, bavardant gaiement au prétexte mon arrivée ; ils auraient passé toute la soirée à cela. Mais une tempête s'est levée, Mama a poussé une exclamation qui a eu pour effet de provoquer leur départ. Nous sommes plongés dans une bruine désagréable. Mama me montre mon lit. Je m'empresse de le gagner afin de pleurer en paix. *Walaye bilaye,* M'ma me manque. Depuis ma naissance, je n'ai jamais passé une nuit sans elle. Lorsque je tombe malade et que les médecins me gardent à l'hôpital, elle reste dormir à côté. C'est elle mon père et ma mère. Et bien qu'elle ne discute jamais de ces choses avec moi, je sais qu'elle a mal de me voir traiter ainsi. Mais que peut-elle faire, sans que les bouches épaisses ne l'accusent d'être la cause de ma perte ? Une mère reste une mère. Tout le monde peut te jeter, te cracher dessus, te balayer, t'ignorer, faire comme si tu n'avais jamais existé ; mais une mère ne peut jamais abandonner son enfant. Je suis devenu son fardeau, le serpent qu'elle a enfanté et qu'elle doit nouer à sa taille. J'espère juste que Mama ne va pas se comporter comme Pressée, qu'elle va jouer son rôle de grand-mère, me faire à manger, et surtout me laisser tranquille. Sinon, je vais lui retirer l'envie du monde. Tout ça là, ça veut dire quoi ? Un enfant, ce n'est pas un colis qu'on expédie par la poste. Je sanglote bruyamment pour évacuer toute cette peine. Les bruits de l'orage couvrent mes cris. La nuit m'enveloppe. Les étoiles chantent ma berceuse. J'ignore à quelle heure je finis par m'endormir, mais je suis réveillé à l'aube par la voix lointaine du muezzin qui appelle les fidèles à la prière, et je comprends que les carottes sont à peu près cuites. *Sazıké !*

Le métal grésille. Une voix rouillée salue en soninké. Mama ne lui permet même pas d'entrer que j'aperçois une tête voilée s'avancer dans la véranda. Elle se cale dans une chaise et enchaîne des politesses.

— De qui est cet enfant ?

— La mémoire est si fautive. C'est l'homonyme de ton père ! Le fils de ton frère Kaba !

— Tu l'as oublié, que la mort l'oublie aussi (Elle se tourne vers moi.) Mon fils ! Comment vont tes parents ? Tes frères ? Tes sœurs ? Et le bel étranger *Maghan* sur les routes du voyage ?

Elle se lève vers moi et essaie de me palper la tête. Je me rétracte, et esquive sa main.

— *Bè ka kènè* ! (J'ai répondu en bambara.)

Elle se rassoit. L'expression de son visage a changé. Mama s'empare d'une poignée d'arachides qu'elle tend à sa comparse.

— Ce n'est pas encore la saison ! s'étonne-t-elle.

— Nous les avons eus de Bamako. Là-bas, l'hivernage commence plus tôt.

Qu'est-ce qu'elle croit, celle-là ? L'arachide de Bamako vient de Sikasso. Ce n'est pas important. Ça ne me coûte rien de les laisser dans l'ignorance. Elles bavardent, gloussent, et ricanent. La visiteuse finit par demander la route. Elle s'en va. Mama me tire vers elle :

— Mon petit mari, tu n'as pas été gentil avec ta tante.

— Qu'est-ce que j'ai fait ?

— Tu lui as parlé en bambara. Elle ne le comprend pas.

— Et alors ?

— Si on te parle en soninké, tu réponds en soninké. C'est comme ça au village.

— D'accord Mama.

Mama est là, elle prend soin de moi, elle me cajole, elle me biberonne. Je la regarde de haut en bas. Elle possède un *voir-des-yeux* particulier. Elle est grande de taille, le nez tatoué à la ligne droite de l'élégance soninké, dont le noir renverse son teint argileux au combat des nuances. Elle a sur les tempes les trois traits de scarification de sa lignée ; et porte deux gros anneaux en or qu'elle soutient de part et d'autre par un fil noir caché dans ses cheveux, tressés au *Tankon* vas-derrière dont les nattes retombent sur sa nuque.

Avant mon arrivée dans le village, elle vivait seule. Complètement seule. Pas même un enfant de compagnie pour lui mettre le beurre de karité ou de la pommade au camphre au dos, lui couper les ongles, ou faire craquer ses os. Elle était comme une sorcière qui enlevait sa peau *depuis-la-nuit-des-temps* pour manger le cœur des petits garçons – qui ne se nettoient pas correctement la bouche après le dîner. D'ailleurs, certains l'accusaient d'en être une. Mais sachant le pouvoir des siens et les plaintes-chez-le-chef pour atteinte à la réputation de vieilles dames de bonne famille qui pouvaient en découler, nul n'osait sortir ces idioties en public. (Chacun connaît son quelqu'un.) Tout le monde la savait seule chez elle comme telle, par les nuits étoilées de la saison sèche, et le ciel noir fumée de l'hivernage. Pas tout à fait malheureuse, mais certainement tourmentée. Je l'imagine moi-même certains matins, tournant en rond dans son avant-toilette à la recherche d'une voix familière, ou d'une quelconque présence, son voile rabattu sur le dos et son *siwak* à la bouche. Mais il n'y avait personne. Les trains de la dispersion et les pirogues volantes de l'exode les avaient tous éloignés. On m'a dit que N'pa lui avait proposé maintes fois de venir à Bamako, mais elle refusait de partir du village. Elle ne voulait pas mourir dans le *tounga* – hors de la terre qui l'avait vue naître. On m'a aussi dit que N'pa avait proposé de lui envoyer une de mes mères pour s'occuper des travaux. Cependant, Mama ne voulait pas priver ses belles-filles de leur confort citadin au seul motif de sa peur du départ. Alors c'était sans solution. Solitude conjoncturelle, dirait-on. Mais on m'a dit que ce n'était pas facile pour elle de s'exiler une deuxième fois. Celles qui se mariaient dans leur propre village souffraient de quitter la maison familiale pour habiter la maison maritale – genre d'humains qui n'étaient à leur place nulle part, qu'on déplaçait comme des objets selon l'humeur de leur tuteur. Mama avait dû quitter le village de ses parents pour suivre mon grand-père à Fabanka. « Femme étrangère, car épouse. Femme toujours étrangère même chez elle », comme le chantent les « gens du mariage » dans les cortèges, elle ne voulait pas devenir « femme étrangère, car mère. Femme toujours étrangère même chez son mari ». Fabanka était désormais son village, le village de son mari, le village de ses enfants et le village de son cimetière *inshallah*.

Bien qu'il y ait chez elle, cette première peur, celle de partir à nouveau, d'être dépaysée, de devoir s'acclimater à un nouvel environnement, il y a surtout la phobie des engins mécaniques. Je vous jure ! On m'a dit qu'elle entre en convulsion dès qu'un voyage en voiture se présente. Elle panique, s'invente des maladies, et fait lever le monde entier sur les pattes ; chacun à son secours avec toute la néguentropie y afférant. Avec Mama, la voiture est ce qui aide à fuir, à courir, à partir, sans laisser de traces si ce n'est les roues qui tracent le sol, comme ses propres larmes tracent ses joues, quand elle pense à la solitude devenue la sienne. Avec Mama, l'avion est ce qui imite l'oiseau parce qu'il en a marre d'être une pirogue imitant les poissons dans l'eau, comme elle-même qui vole dans le vide de sa chambre par peur de ramer dans les larmes de sa tristesse. Avec Mama, le train est ce qui part lentement comme la chenille et disperse ses larves, comme la vie a dispersé ses enfants de part et d'autre de la vallée du Sénégal. Que faire ? Personne ne peut l'obliger à monter à bord.

La seule fois où elle avait affronté cette phobie de la mécanique à l'aide des prières et des somnifères, j'avais six ans. Elle devait passer par Bamako pour aller à son pèlerinage à La Mecque. Je m'en rappelle comme si c'était au présent. M'ma se prépare pour sortir en ville. Je lui demande si je peux venir. Elle refuse. J'insiste. Je lui dis que je ne veux pas rester avec Mathiné. Elle me demande d'aller chausser mes sandales préférées. Je cours. Je vais dans le salon. Le temps que je récupère mes chaussures, M'ma disparaît. Je crie. Mathiné me saisit. Elle me menace de me taire. Je me débats. Elle appelle le chien méchant du voisin pour m'effrayer. Je cours. Elle me poursuit. Elle court vite. Mais je cours deux fois plus vite. Je la sens derrière moi, sur le point de me rattraper. Je dévie vers l'essencerie. Je perds ma sandale. Mais je ne m'arrête pas. Et soudain j'aperçois M'ma, arrêtée près de l'arrêt de Sotrama. Je la rejoins. Mathiné me rapporte ma chaussure. Elle discute avec M'ma. Elles se mettent d'accord. Je prends la Sotrama avec M'ma et nous arrivons à la grande gare. Je vois des personnes partout. Un car arrive et s'arrête. Son vieux moteur coud la poussière à ses derniers roulements de pneus. Les passagers descendent, les apprentis s'agitent et descendent les bagages. Ils les offrent au vide. Mais les passagers hurlent et demandent de faire attention à leurs bagages fragiles. Je vois une vieille dame descendre. Elle n'est pas comme les autres. Elle porte un petit sac *aventure-malheureuse* rayé bleu blanc rouge, un large voile sur la tête, par-dessus une robe *Makéba* couleur bogolan. M'ma se précipite sur elle et lui serre la main. Elles discutent mais je n'entends pas. Puis, la vieille dame montre du doigt un bagage que l'apprenti lui remet. Elles avancent vers moi. La vieille dame m'appelle : « *N'kina.* » Son petit mari comme son petit homme, son petit mari comme le plus beau, son petit mari comme le plus brave, son petit mari comme le moi de son mari. Je lui réponds que je ne suis pas son mari. Je ne comprends même pas pourquoi cette venue-directement-de-la-brousse me traite de petit mari. Tout le monde autour ricane. M'ma m'explique tout. Cette dame est ma grand-mère, et c'est pour cela que je suis son petit mari. Je saute sur elle à la faire perdre l'équilibre. M'ma nous rattrape pour qu'on ne tombe pas tous les deux. Je suis heureux d'avoir une grand-mère que je peux accompagner à la mosquée et qui m'achètera du *Takoula*.

Ces jours m'effraient. Ce vent m'agresse. Les cris des animaux m'agacent. Ce village me répugne. Lorsque j'étais à Bamako, j'habitais une grande maison. De l'autre côté de la rue, on pouvait apercevoir l'avenue des trente-mètres avec ses quincailleries, ses menuiseries, ses blanchisseries, ses papeteries, ses librairies, ses dibiteries, et ses boulangeries-pâtisseries. Mais ce village est un taudis. Lorsque je lève la tête, je ne vois rien d'autre que des toits en paille, des hangars et la grosse antenne parabolique du secteur des millions, le quartier des riches. Je marche dans une ruelle étroite. Il n'y a ni poteaux électriques ni lampadaires. Un tracé laisse ruisseler les eaux usées. C'est malpropre ! Je fais attention à ne pas salir mes chaussures. Une vieille dame jette des épluchures d'arachides par la fenêtre. Quelle manière ! Si je ne fais pas attention, quelqu'un va m'uriner dessus ou m'asperger de crachats. J'arrive sur une grande place. Au milieu, un grand tambour gît. À ma gauche, se trouve l'agora des vieux désœuvrés. Et à ma droite une rangée de hangars de commerçants. Je contourne l'agora, pénètre dans la vieille ville, et arrive sur le marigot des cascades. Je dois quitter ce village. Je m'engouffre dans les hautes herbes.

Ici personne ne comprend ce qui se passe dans ma tête. Je suis sûr qu'ils sont en train de se demander si je ne suis pas malade, à parler tout seul en bambara. Ils ne comprennent pas, ils ne savent pas ce que ça fait de n'avoir personne à qui parler dans la langue qui nous amuse, qui nous distrait, qui est la langue de nos meilleures amitiés et la langue de nos meilleurs souvenirs. Ils pensent que le soninké suffit comme langue pour tout faire et tout dire, puis se sentir bien en disant cela. Mais je ne peux pas parler de mon intérieur en soninké et me sentir bien après. Le bambara est la langue de mon cœur.

Peut-être que c'est mieux comme ça ! Le silence total et puis les soupirs ne peuvent pousser personne à me pointer du doigt. Si je continue à bouder, on va me laisser seul. Je comprends très bien ce qu'ils me veulent : que je commence à parler en soninké et qu'ils continuent à se moquer de mon accent. Mais je ne leur ferai jamais ce plaisir. Quoi qu'ils fassent, je leur répondrai en bambara. Encore mieux, je répondrai en français, comme ça, je les agacerai pour de bon.

Je suis l'enfant seul au cordon ombilical cisaillé à l'épée, assoiffé de lait, pourtant la tête noyée dans le sein de sa grand-mère. Je ne sais pas si la lune est bleue ou grise, si les vagues de l'Atlantique veulent engloutir toute la côte ouest, affamées de terres à inonder ou si les forêts profondes du Sud-Ouest peuvent se révolter contre leurs terres d'assignation et envahir Bamako. Mais je veux être une fine goutte de mer, ou une fine herbe insignifiante, que personne ne surprendrait à exister ostentatoirement.

Le soleil est prêt à fracasser la tête de monsieur Horizon. J'ai marché. Je ne suis pas allé plus loin que la colline. Un serpent m'a fait changer d'avis. La brousse est trop dangereuse pour que je tente quoi que ce soit. De retour dans le village, je passe à nouveau sur la place publique. Les gens s'agglutinent autour d'une télé. Les vieux se suivent en groupe pour entrer dans la mosquée. Je croise un groupe d'enfants sur la rue des lions. Ma main frôle l'un deux. Celui-ci me rattrape par mon tee-shirt et me ramène. Je m'excuse poliment. Il insiste et me traite d'imbécile. Je profère des insultes raffinées en bambara. « Un morveux Bambara ne peut pas nous insulter impunément ! », s'indignent-ils. Le groupe forme spontanément le cercle pour la bagarre. Mon adversaire se baisse, remplit sa main de sable et chante : « Nul n'entre en ces terres sans goûter le piment. » Je dois sauver mon honneur. Je tape son avant-bras.

Le sable se verse à terre. *Krikata watita,* il se jette sur moi. Il essaie de coincer ma tête sous ses aisselles. Les puantes. Je me défends. Il me donne des coups dans le ventre. Une voix crie en soninké : « Laissez-le tranquille. » Mon adversaire me tient la tête. « Passe ton chemin », dit-il à l'autre. Un hurlement. Je suis libéré de l'emprise. Je le vois à terre, recroquevillé, la main sur la tête. Le cercle se disperse. Tous s'enfuient. Le bruit de la débandade et les cris de l'adversaire, à terre, alertent un vieux allant à la mosquée. Il vient jouer les conciliateurs. Il nous fixe d'un air interrogatif. Je ne sais pas ce qui s'est passé. Mon défenseur s'exprime en soninké. Il nie avoir fait quoi que ce soit. Mon adversaire jure de se venger. Le vieil homme le prend par la main. Il titube. J'ignore pourquoi l'autre a pris ma défense. Il me parle en bambara. Nous échangeons deux-trois mots. Il s'appelle Seydou. Il ne vient pas de Bamako. Il n'y est jamais allé. C'est sa mère qui lui a appris le bambara. Ça fait du bien de parler la langue du cœur. On se dit à bientôt. Bientôt est pour quand ? Ce soir ? Demain ? Après-demain ? Ma langue s'est à peine déroulée que le sucre disparaît. Pourtant, j'ai faim. Je n'attends pas qu'on vienne s'occuper de moi, j'ai des mains et des pieds pour ça. Je veux qu'on me parle en bambara, je veux entendre du français, je veux pouvoir parler à quelqu'un. Je lui cours après. Je ne veux pas qu'il me laisse seul. Le temps pour lui de comprendre, je suis déjà avec lui dans leur maison. Une dame, qui semble être sa mère, grogne des choses en bambara. Enfin, le paradis. Mais le soleil s'est déjà caché. La nuit est lavée. Je dis au revoir à Seydou et sa mère.

La calebasse tombe à terre. La pâte de mil se répand avec un bruit flasque. La sauce gombo glue au sol. Je n'ai pas envie d'avaler ce gloubi-boulga. Mama ne sait pas que j'ai fait exprès. Pas de panique. Je la prends par les sentiments. Elle se dit désolée. Il ne lui reste plus rien à manger. C'est vrai qu'il n'y a pas de frigos ici. Elle n'a que du couscous de mil sec que je peux mélanger avec du lait en poudre. Je suis tout ouïe.

J'ai dit que je ne peux plus boire l'eau du puits. C'est trop salé. Mama ne m'écoute pas, elle déchire le sachet de jus en poudre qu'elle dilue dans le bol en plastique. Elle me tend la main :

— Tiens, c'est sucré.

Je n'ai pas le choix, je vide le bol en une longue gorgée et respire ensuite.

— Cela t'a-t-il fait du bien ? Il y a un carton sous le lit de bambou, tu te sers comme tu veux.

Mama sort. Une fois n'est pas coutume, je prends un deuxième sachet. Je dilue le contenu dans un bol plus grand et bois d'un trait. Le rebord du récipient retient quelques gouttes d'eau sucrée. Je les lèche. Dire que j'ai failli me laisser mourir de soif pour rien.

J'ai été trop distrait par la soif. Mama est partie depuis quelques minutes. Il me faut m'activer avant son retour. Je fais un long trajet pour arriver jusqu'à sa chambre. Je m'assure que la fenêtre est bien fermée et les rideaux bien tirés. Alors je vide tout. Je regarde si elle cache son argent dans une torche usée comme M'ma ou si elle le met dans des enveloppes blanches. Je dénoue les bouts de pagne. Je fouille sous les malles. Je passe la main sous le lit. Il n'y a absolument rien.

Mama est revenue. Elle écrase de l'arachide avec ses gros doigts pour la manger.

— En veux-tu ?

— Non merci.

J'ai plutôt envie de fruits, de vrais fruits avec la bonne chair et le bon jus. De la mangue ou de la papaye, ou même une simple pastèque. Malheureusement, Mama ne grignote que du sec : de l'arachide grillée, du jujube, du pain de singe, du tamarin, du ditakh, de la balanite et tous les fruits secs de son bled.

L'enfant des gens souffre vraiment. Je réfléchis jusqu'à ce que ma tête s'échauffe. Parce que le jour où les plans de l'homme finissent, c'est son jour de mort. Et moi je n'ai pas envie d'arriver à mon jour de mort. En même temps, j'ai tout essayé. Il n'y a aucune possibilité de fuite. En une semaine, j'ai survécu à deux intoxications alimentaires, une piqûre de scorpion, trois piqûres de guêpe et une noyade dans la rivière blanche. Façon, je me suis retrouvé rempli d'eau boueuse comme une calebasse d'orpailleurs clandestins. J'ai plongé en latéral vers le fond. J'ai essayé de garder ma tête hors de l'eau, mais la rivière m'a aspiré vers le bas. Et puis ce jour-là un salaud a dit : « Laissez-le se noyer, c'est un étranger. Ça lui apprendra à défier les esprits de la rivière. » Soi-disant, comme par hasard, les esprits de la rivière n'aiment pas les étrangers, les femmes enceintes et le savon industriel. Or, je ne savais simplement pas nager.

Walaye bilaye ! Si un vrai-vrai connaisseur de Taboussi n'avait pas été là, vrai-vrai connaisseur qui sait que la rivière n'est pas une baignoire, j'aurais été emporté par les eaux (noyade revendiquée par l'association des sorciers du village). *Sazíké !* Ce n'est pas tout, l'eau du puits que je trouvais salée au début m'est devenue aussi douce que l'eau minérale. Les plats bourrés de gombo, dont je ne voulais pas entendre parler, sont devenus mes préférés. Dépaysé, martyrisé, perdu, bloqué et resigné, je suis prêt à l'emploi.

Qui dit emploi, dit employeur. Autour de moi, je vois déjà un vautour rôder. Demba, un jeune cousin de N'pa, se balade toujours avec sa moto, un turban bleu azur autour du cou et un chapeau conique sur la tête. Il est le sous-chef de famille, c'est-à-dire le chef des valides qui sont encore au village. Le vrai chef est mon grand-oncle. Mais à quatre-vingts ans, le vrai chef n'est plus productif. Donc la mobilisation et la gestion des troupes est du ressort de Demba. Il vérifie la présence de tout le monde, donne l'ordre, chapeaute les exécutions, surveille et répartit les tâches accessoires comme la coupe de bois ou le breuvage des animaux. C'est le gars dont l'aventure ne veut pas. Il a essayé le Sénégal, le Togo, le Gabon, le Congo, et tenté d'aller deux fois de suite avec un visa touristique en Europe, sans succès. Pourtant, tous les cauris et signes dans la poussière des devins lui ont prédit un avenir de riches. Tout le monde a dit : « Ah Demba, sa lune se blanchira ! Sa lune se blanchira ! » Tout le village. Il a été très enthousiaste. Il a égorgé plusieurs bêtes sur le flanc droit pour accompagner la prédiction. Mais *Samprain*, rien ne réussit. La prédiction s'est cassé la figure devant le mur administratif des consulats. Demba s'est résigné, a pris le *tongué* et s'est consacré à la terre. Contrairement à d'autres, qui en veulent à la terre entière et accusent les belles-mères d'être derrière les mauvais sorts, Demba met sa colère dans le travail dur-dur, et ne prend aucun jour de repos. (La terre ne ment jamais.) Moi, s'il pouvait, il me ferait engloutir dans le sable mouvant du marigot des cascades (C'est là-bas qu'on enterre ses ennemis), tellement ma vue le ronge. Il voit en moi des années de service civique qu'il ne pourrait jamais rattraper. Je l'imagine, dans sa petite case, graveur à la main, comme dans les films policiers, en train de faire un schéma de tout ce que je pourrais faire si j'étais officiellement dans sa troupe ; calculant mon potentiel productif à partir de ma cinétique de déplacement et de mes ondes magnétiques, et se disant : « Regardez-moi ce petit Taboussi grassouillet, son embonpoint aurait été parfait pour tenir le rôle d'épouvantail pendant les récoltes, encore mieux, il pourrait faire paître les agneaux, remplir l'abreuvoir des ânes, ou pétrir la boue de crépissage. » Ensuite se mordre la lèvre, comme le dur d'âme qu'il est, parce que tout ce bon potentiel lui échappe. Ne pas se résigner, gamberger, et établir une stratégie à long terme afin de me faire revenir dans le village les prochaines années, au mieux m'y faire rester jusqu'à mes dix-huit ans. Mais Demba peut graver tout ce qu'il veut dans sa petite case, ou non, je suis protégé par les blindés de M'ma et Mama.

Il est décidé depuis tout à l'heure. Il s'approche de la terrasse où nous sommes. Son turban bleu azur et son chapeau conique peul pointent vers le ciel. Il s'assoit près de Mama. Je fais semblant de ne pas le voir :

— M'ma Hatouma, je suis venu en paix. Comme tu sais, ça fait une semaine que notre fils est arrivé de Bamako. Par la grâce de Dieu, il a eu le temps de se remettre du voyage. J'aimerais, si tu n'y vois pas d'inconvénients, qu'il puisse me donner un coup de main aux champs. Cette année, nous avons beaucoup de travail sur les bras. Le choix à Dieu, le choix à toi !

— *Naam !* Dieu est le maître de nos choix.

— Cela est vrai ! Par Dieu, chaque oiseau quitte le nid de ses parents pour bâtir un nid à ses oisillons. Si nous n'apprenons pas à nos enfants ce que nos pères nous ont appris, nous aurons été des traîtres.

— Mon fils Demba, bien sûr, Hamet est ton fils le jour et la nuit, du lever au coucher du soleil. Même si l'enfant ne pose pas ses pieds dans un ventre et la tête dans un autre, ton père et son grand-père ont tété le même sein. Cet enfant est aussi le tien. Mais ! Vois-tu ? Ce n'est qu'un petit garçon, il n'a même pas encore douze hivernages complets. Son corps ne résistera pas à l'épreuve de la terre.

La réponse de Mama était longue, mais elle n'en était pas moins sèche que les lèvres du jeûneur. Demba essaie de rééquilibrer la balance. Mama débute un long sermon. Demba s'impatiente, yeux baissés, et lèvres bougeant comme répétant une réponse que Mama retarde. Il lui coupe la parole. Les nerfs sont tendus. Les mots s'échangent en toute violence. Demba joue son rôle d'éducateur-redresseur de Taboussi. Mama l'accuse de lui manquer de respect. Demba se rétracte, se met à genoux, attrape les pieds de Mama pour s'excuser. Mama hésite longuement avant d'accepter. Demba me laisse le temps de me préparer, puis m'accompagne à la charrette qui attend. À bord, les autres jeunes de la famille s'impatientent. Je les salue. Chacun a son joli *tongué* à l'épaule gauche comme une sorte d'écharpe version allons-aux-champs. Moi, je n'ai rien. Je reçois les regards de travers. Ainsi, je perturbe la cérémonie solennelle de passation. Ils quittent les petites parcelles des femmes, et vont sur les grandes parcelles. Personne ne tend la main à l'intrus que je suis. J'ai du mal à grimper, par la faute de mon poids, mais surtout de ma non-maîtrise des techniques de montée. Demba m'aide à grimper. Je prends place. Lui-même s'éloigne, grimpe sur sa moto Yamaha et démarre. *Crourou* lancé par le conducteur de la charrette, et la charrette démarre aussitôt. Je pars ainsi aux champs sans *tongué*, ni machette, ni houe, ni semoirs. Rien. Absolument rien. En bon touriste.

La charrette est conduite par un adulte. Il doit non seulement nous guider, mais nous surveiller. À bord, il faut éviter les bagarres, les échanges frauduleux de *tongué*, les vols, et surtout les chutes. Rassembler autant de jeunes garçons dans une charrette, c'est vouloir mettre dans la même cage une dizaine de Tom & Jerry. Certains veulent s'asseoir près du conducteur, d'autres à l'arrière pour mieux balancer leurs jambes, ou même s'asseoir sur les rebords, mais celui qui ose cela, le coup de cravache le rappellera à l'ordre. Nous partageons le même fouet que les animaux de traction. C'est connu, les têtus comprennent le même langage. Bien secoué par le relief accidenté, je glisse sur les fesses pour m'approcher du conducteur et me coller à son bras, par peur de tomber. Il s'appelle Bakary. On l'appelle affectueusement Tah-Tah Bakary. Mama m'a parlé de lui. C'est un *taliban-lémé* : apprenti clerc, poète, chanteur, acrobate dans la même fonction. Disons qu'il l'a été un temps de sa vie. À vrai-vrai dire, son père l'avait envoyé depuis ses cinq ans au quartier des fromagers chez un clerc. Il habitait là-bas, mangeait là-bas, et travaillait là-bas. Quand je dis « travailler », c'est vrai-vrai bosser. Il devait chercher de l'eau pour les quatre femmes du maître, piler son mil, surveiller ses animaux, cultiver son champ, garder ses enfants et petits-enfants, sans aucune distinction de travail d'hommes ou de femmes. Parce qu'au village, on dit que les apprentis clercs doivent beaucoup-beaucoup travailler pour leurs maîtres afin d'avoir une connaissance solide du coran et des hadiths. Tah-Tah Bakary avait fait tout ça pendant sept ans. *Saziké !* Il n'a même pas maîtrisé *Koul hou Allahou*. Son père l'a pris, il l'a envoyé très loin à Gouméra. Sept ans après, il est revenu sans rien comprendre. Tout ce qu'il savait faire, c'était chanter de la poésie et faire des acrobaties. Sept plus sept, ça fait quatorze, quand ton enfant fait tout ça dans les études sans rien comprendre, il faut l'enlever et le mettre au travail. Ce n'est pas de moi, c'est N'pa qui le dit. Donc lorsqu'il est revenu au village, sans rien comprendre, on l'a confié à Demba, et il conduit la charrette. Il s'y prend très bien. Il a deux ânes à sa charrette qu'il dirige à coup de « croooooo » pour s'arrêter lorsqu'il y a un obstacle du genre tronc d'arbres ou des piétons ; « dirrrrr » pour ralentir lorsque nous traversons des rivières ou des marigots ;

et « aariii » pour accélérer lorsqu'il y a des pentes ou que l'horizon d'une plaine le réjouit. *Sazikê !* On dirait qu'il parle la langue des ânes. Il m'explique que nous sommes frères (cousins) par la sœur de sa grand-mère qui est mariée au petit frère de mon grand-père. Je comprends à peine ses explications. Mais M'ma m'a prévenu. Il ne faut jamais poser de questions sur les liens de parenté. Je dois me contenter de dire oui et d'appeler les gens comme les autres les appellent. Lorsque nous rencontrons un monsieur, et que les autres l'appellent Tah-Tah, je l'appelle Tah-Tah, s'ils l'appellent baba, je l'appelle baba ; et même s'ils l'appellent kaou, je l'appelle kaou. (La généalogie est la première science importante du village. Connaître les liens de parenté entre x et y, afin de trier les cousins germains et les cousins par alliance peut faire d'un poltron le roi des érudits.)

Après deux rivières, une dépression et un marigot, nous arrivons sur le champ dédié au maïs : la terre du henné. C'est une plaine immense aux verdures neuves poussantes. Demba est arrivé avant nous. Sa moto Yamaha est levée sur les deux cale-pieds. Son chapeau peul et sa radio Sony sont accrochés aux guidons. Le tout repose à l'ombre du fromager. Lui-même se tient debout, les mains à la hanche, comme un chef de chantier, bottes jaunes France Aurevoir aux pieds. Nous descendons. Tah-Tah Bakary détache les ânes, et les confie à deux cousins pour qu'ils aillent les attacher au loin. Je veux les accompagner mais Demba refuse, du genre, toi reste avec moi. Sûrement qu'il se rappelle les mots de Mama comme de la voix d'une sorcière : « J'ai bien dit aucune tâche dure ah ah ah. » Il me montre du doigt une partie du champ parsemée de cailloux et branches, me dit de les déplacer, et de les réunir sur les bords. Je comprends vite que c'est ma seule mission de la journée. Veinard que je suis ! Pendant que les autres vont retourner la terre avec le *tongué*.

À côté de notre champ, une autre famille a sa parcelle. Disons la parcelle qu'elle s'est appropriée. C'est la famille Dodue. Elle s'est approprié la parcelle d'une autre famille, notable mais sans aventuriers. C'est-à-dire que la famille Dodue est plus riche que la famille dont elle a exproprié la terre. Mais tout le monde sait l'ADN de la terre. (Après la généalogie, la science de la terre est la deuxième science la plus réputée du village qui ouvre la porte de toutes les bonnes palabres.) À Fabanka comme dans tous les villages des environs, les champs sont des terres à terres, des champs de bataille, des terres à nom, des terres à histoire, et des terres à cœur. Il y a la terre des eaux-ramassées, la terre du Sahel, la terre du henné, la terre des baobabs, la petite terre inondée, la grande terre inondée, la terre des grands fromagers, la terre des nageurs, la terre des jujubes, la terre des vierges et la terre des lions. Comme le dirait N'pa, les champs sont des terres et chaque terre a un nom. Puisque chaque terre a un propriétaire, et chaque propriétaire a son histoire. L'histoire des hommes est liée à l'histoire de leur terre. Les étrangers ne peuvent posséder de terre parmi les notables, et ce ne sont pas tous les notables qui ont des terres. Il y a des familles sans terre, mais pas de terre sans famille. Même les nomades, qui ne se fixent pas sur une terre, ont leurs terres de transhumance. N'pa le dirait, parce qu'au village les conflits fonciers de la famille Dodue sont tels qu'ils en font un moyen d'accaparer la terre des autres. Les tribunaux de Yélimané et Kayes-Ville territoires de juges corrompus donnent toujours raison au plus offrant. Ils se lèvent du jour au lendemain pour se dire propriétaires séculaires d'une terre fertile. Ils trimballent les véritables propriétaires devant la justice, en passant les billets sous la table, et le rêve se réalise. La justice du Blanc l'emporte sur la propriété coutumière. C'est ainsi que ces étrangers, selon les règles de N'pa, enrichis par l'aventure peuvent prétendre posséder une terre parmi les notables. *Saziké !* N'pa les attend de pied ferme, qu'ils osent ne serait-ce que prétendre à un pas de notre parcelle, pour qu'il les trimballe devant ses amis magistrats et hauts-fonctionnaires de justice à Bamako. Mais Dodue connaît son musclé Tandia. Ils ne vont jamais se risquer à s'attaquer à plus fort.

La famille Dodue vole les terres, mais la plus grande crainte des agriculteurs sont les éleveurs (Après les criquets, les petit-petits oiseaux et les parasites, on va dire.) « Des gens sans pitié, sans vergogne », d'après N'pa. Ces *Henabono*, comme il les appelle, s'amusent à fatiguer la tête des gens pendant l'hivernage. À cause d'eux, aucun agriculteur ne peut dormir tranquille dans sa case avant les récoltes. « Ton champ, tu le laboures pendant une semaine, tu te casses le dos à le semer pendant trois jours, tu désherbes pendant un mois, et puis un matin-bonne-heure, tu te réveilles, tu vas dans ton champ, tu trouves qu'un éleveur est passé cadeau là-dedans avec ses bœufs et a massacré toute ta fatigue. » *Sazik*é, N'pa me raconta qu'une fois, trois éleveurs avaient traversé nos champs de la sorte. Il était encore au village, dans sa puissance douze. C'était lui qui dirigeait la troupe. Il était grand-costaud, poitrine large, et avait les mains-marteaux. Les veilleurs-des-champs amenèrent les trois coupables devant le chef du village. Celui-ci les condamna à payer une grosse somme à notre famille. Les éleveurs dirent que les animaux appartenaient à une autre famille. Le chef plaça donc leur bétail en rétention jusqu'au paiement effectif des dommages et intérêts par les vrais propriétaires. Les propriétaires vinrent. Sans chercher à comprendre, ils se mirent à crier à l'enlèvement de leur bétail par un vaurien qui allait de toute façon faire une mauvaise récolte, et qui cherchait à faire son bonheur dans leurs poches. (Vaurien était une grosse insulte dans le village, surtout pour un agriculteur.) N'pa se leva, grand-costaud, poitrine large, et tapa avec ses mains-marteaux. *Saziké,* il tapa bien leur devant et leur derrière, avant que la foule ne vînt les séparer. N'pa, seul sur les trois propriétaires et leurs trois éleveurs, il fallait être là pour voir.

La terre est fraîche. L'herbe neuve est mouillée. Je plonge mes doigts sous les pierres et les branches. Je les ramasse, comme ordonné par Demba, esquivant les insectes et grenouilles qui s'y cachent, jusqu'à treize heures, heure de la pause, première prière oblige. Je vais sous le fromager, me saisis du *Tassalé*, le calle entre mes cuisses, pour me nettoyer les mains. Demba n'est pas content. Il dit :

— Doucement ! Nous n'avons pas assez d'eau, et pas assez de temps pour nous réapprovisionner aux puits.

— Je me nettoie juste les mains.

— Attends l'heure du repas comme tout le monde. La terre sur les mains, ça ne tue pas.

Je dépose le tassalé, marche le long de notre parcelle, me baisse pour ramasser une branche qui traîne, réflexe né de la journée. En allant plus loin, je vois Seydou, mon nouvel ami du village. Il est là, debout derrière son père, les bras croisés. Enfin je suppose, vu la ressemblance. Je l'appelle mon nouvel ami en bambara : « *Seydou na yan.* » Son père me regarde froidement. Je recule.

— *O ma dougouta !* crie-t-il si fort en soninké que je sursaute

— *Seydou kha ?* réponds-je naïvement, pour me rassurer de n'avoir pas commis de bêtise.

— *Baba,* dit-il parlant de Seydou, *ma dougouta*.

Ce qui signifie que Seydou a encore des tâches à finir. Mais pourquoi crie-t-il ? J'ai simplement appelé son fils. Ce dernier me regarde avec la même impression d'incompréhension. Il hausse des épaules et sourit. Son père relève la tête et le surprend. Il le gronde. Je m'excuse. Le père continue de grogner. Il ne prend même pas le temps de me regarder. Je l'abandonne, et retourne à nos terres. Deux Demba pour le prix d'un ? Non merci. C'est Seydou que je suis venu voir, pas son père. Je reviens à notre parcelle, prends la gourde et me sers à boire. Demba fait sa prière, les autres jeunes sont accroupis autour du thé, essayant d'allumer les charbons à l'éventail. Je grimpe difficilement au fromager. Là-dessus, j'ai une vue imprenable sur la plaine limitée par la petite colline des singes. Ils sont en nombre, et sont pires que les oiseaux et les criquets. On raconte que pendant les récoltes les singes s'amusent à imiter les cris des guetteurs, comme pour montrer qu'ils sont aussi bipèdes. Ils ne craignent pas les épouvantails. Et personne ne doit leurs faire du mal, puisqu'ils sont parmi les protecteurs du village. Alors tout le monde leur fait des offrandes ; disons les laisser impunément se pavaner, et détruire les récoltes. Je les observe donc en attendant l'arrivée de Seydou, et pense à ces multiples légendes sur leurs origines.

Selon la première légende, il était une fois des gendres venus en renfort dans le champ de leur belle-famille. Malgré une faim immense, ils refusèrent de manger au déjeuner. Ils ne voulaient pas croiser le regard de leurs beaux-parents autour du plat. Ils restèrent à faire les braves. Les beaux-parents partirent chercher de l'eau. Avant leur retour, les gendres avaient mangé les semences. Lorsque les beaux-parents revinrent, ils donnèrent l'ordre de semer. Arachides ! Arachides ! Il y en avait plus. Les gendres eurent tellement honte qu'ils se laissèrent pousser des queues.

Selon la deuxième légende, la première légende est fausse. Les singes descendent d'une peuplade frappée de malédiction après un affront fait à un saint.

Selon la troisième légende, la première légende n'est pas fausse, mais incorrecte. Les gendres n'avaient pas mangé les semences. C'étaient les beaux-parents qui se privèrent de nourriture et firent l'inverse.

Selon la quatrième légende, il ne s'agissait pas d'arachides, mais de haricots.

Selon la cinquième légende, ceux qui croient en ces légendes ont besoin d'un psychiatre.

Sazikê ! Je n'y crois pas du tout. En classe, j'ai appris le contraire : « L'homme descend du singe. » C'est cela, la théorie de Darwin ! N'pa me gifla *wali-wali* lorsque je lui dis que ses ancêtres étaient des singes. Il venait à peine d'arriver pour ses vacances. Je me rappelle encore sa réaction : « *Bataralémé*, tes enseignants t'apprennent des bêtises, et tu viens me les répéter. *Henabono !* La prochaine fois que je t'entends dire de pareilles sottises au sujet de mes ancêtres, je te coupe la langue. » N'pa a horreur des théories scientifiques. Il voit la science comme un double affront à la religion et aux traditions. « Les scientifiques, ce sont des menteurs. Ils vous remplissent la tête de mécréances, puisqu'ils ont échoué à nous avoir, ils endoctrinent nos enfants. Mais toi, tu vas apprendre la vraie vérité. Soit ça va rentrer normalement, soit je vais t'aider avec ça. » Il brandit sa paume. Lorsque j'eus le malheur de lui dire mon cours de physique-chimie sur la pluie, il me regarda dans les yeux : « *Ohon* l'eau s'évapore, se transforme en nuage, se condense et redevient de la pluie. Tu appelles ça un cycle. Donc c'est pour apprendre de pareilles mécréances que je paie tous les mois cinquante mille francs ? Il n'y a que Dieu qui sait comment il fait tomber sa pluie. Tu répètes ça encore, je t'envoie à Touba. » J'ai eu peur. Parce que Touba, c'est l'enfer sur terre, un camp de redressement comme jamais les conservateurs ne l'ont espéré. Il enchaîna : « Les pensionnats que tu connais même. Quand tu vas te nourrir de couscous sec pendant six mois, tu vas comprendre si l'eau vient d'un cycle ou si c'est Dieu qui nous donne sa pluie. » Il avait déjà regretté de m'avoir inscrit à l'école. Lui-même victime de son père, il ne s'attendait pas à ce que je devienne cartésien. Il aurait espéré et espère toujours que je devienne seulement un grand quelqu'un. Mais on ne rentre pas impunément dans l'occidentalité.

Seydou arrive finalement. Il doit avoir obtenu la permission de son père. Ses chaussures méduses, originellement blanches, ont viré au marron. Il enlève son haut à cause de la chaleur. C'est un triste maillot Ronaldo dont le jaune rappelle celui du maïs à venir. Il arrive sous le fromager, escalade le tronc, et vient s'asseoir à côté. Il me parle de football. Le temps qu'il finisse de me citer les noms des meilleurs joueurs, apparaissent les porteuses de repas. *Tassas* reposant sur un socle de foulards enroulés que les femmes utilisent en support pour protéger leurs cheveux. Seydou s'agrippe à une branche, plonge ses pieds dans le vide, et saute. Je ne prends pas de risque. Je fais le lézard et redescends par le tronc que j'ai escaladé.

Sous le fromager, son père, ses oncles et ses cousins ont déjà rejoint les miens. Les porteuses déposent les plats. Elles soulèvent les couvercles pour présenter du *dopoté* pour nous, et du *niétié* pour la famille de Seydou. À cet instant, la chaleur des plats s'évapore sous la terre ombrée du fromager, et libère les odeurs particulières des plats villageois. Un mélange d'épices faites maison et de variétés anciennes de légumes. Toute chose étrangère à la ville, qui donne cette saveur angélique mielleuse. Le *dopoté,* en soi, n'es pas si fantastique. Ce n'est que de la semoule de mil mixée à du gombo. La divine recette roborative est le *niétié.* La croûte jaunie de la pâte de maïs ressemble à une montagne au sommet déprimé où un lac de sauce d'arachide s'étale ; lequel est rempli de piments, de poivre, d'oignons grillés, de poudres noires, de tomates vertes, d'aubergines vertes et de beaux morceaux de poisson séchés. L'ordre est donné. Toutes les mains plongent dans le lave-mains pour se purifier. L'on s'accroupit ensuite en faisant un cercle autour de nos plats respectifs. Les mains droites se succèdent dans le plat, doigts joints pour faire cuillère qui modélise le *logoma,* pendant que les mains gauches tiennent le tassa en équilibre. Au milieu, un éventail à la main de l'aîné pour chasser les insectes.

Nous avons fini de manger. Les femmes s'éloignent pour ramasser du bois sec. Seydou propose de les aider. Je me lève pour l'accompagner. Mais son père lui intime l'ordre de reprendre le travail, sans plus tarder. Il me fait un clin d'œil. Je comprends que ce n'est que partie remise. Mes cousins se lèvent, à leur tour, pour reprendre le sarclage. Je les suis instinctivement, avant de me rappeler les protections *mamatiques*, et de diriger mon regard sur Demba. Ce dernier, me sentant lui demander ma nouvelle mission, me devance et me charge de dégrainer les épis de maïs pour les semences. Je m'assois dos au tronc du fromager, les pieds étirés, une calebasse entre les jambes, pour exécuter. « Pourquoi Hamet ne fait-il que ça ? », s'étonne un jeune cousin. Demba lui lance un regard transperçant, du genre tais-toi-et-obéis. Il s'avance avec son *tongué* et disparaît à l'autre bout du champ.

Il est seize heures. Demba rassemble la troupe, et donne l'ordre de départ. Tah-Tah Bakary attelle les ânes. J'explique vouloir rester avec Seydou. Il s'inquiète des reproches de Mama. Je lui dis que je rentrerai avant dix-huit heures. Demba demande à Seydou si nous avons un moyen de transport. Seydou désigne du doigt son âne Docteur. Seydou court vers moi. « Allons chercher du bois », dit-il, imitant la voix rauque de son père. Je rigole, et le suis. Il détache Docteur et me fait monter derrière lui. Nous quittons la terre du henné, contournons la terre des vierges qui se trouve à l'Est, en traversant la terre des jujubes puis la terre des nageurs, avant d'arriver sur la terre des lions.

Le bois sec se fait rare avec les pluies nouvelles. Les frondaisons d'arbres au vert nouveau défilent lentement devant nos yeux, nos pieds suspendus sur le maigre ventre de Docteur. Après quelques recherches infructueuses, nous découvrons un karité, ayant succombé aux charmes de l'harmattan. Probablement une des dernières victimes dont le corps résiste à la violence des pluies. Il se tient branches tendues vers le ciel, implorant le génie des arbres de l'habiter pour que sa future verdure vienne, et maudit le précédent vent dragueur qui l'a dépouillé de ses feuilles. Nous descendons du dos de Docteur. Seydou l'attache sur une pierre. Essayant de trouver le meilleur moyen d'attaquer l'arbre, il se rend compte qu'il a oublié la hache. Il s'accroche à une branche, la tire de toutes ses forces en calant son pied contre le tronc. Il n'y arrive pas. Je l'aide à tirer. Forces jointes, la branche cède. *Saziké* ! Nous nous retrouvons à terre, les fesses témoins de la chute. Nous rions. Je crois que Docteur aussi. (Enfin, les ânes, avec la dentition qu'ils ont, semblent rire tout le temps.) Nous nous relevons et faisons une autre tentative. Les branches sèches cèdent les unes après les autres comme des peaux mortes dont l'arbre doit se débarrasser pour se régénérer. Satisfaits de nos fagots, nous chargeons Docteur. Il fait moins le malin sous le poids nouveau. Nous prenons le chemin du village en marchant derrière lui.

À l'intersection des quatre terres, la terre des nageurs, la terre des jujubes, la terre des vierges et la terre des lions, c'est-à-dire au milieu de nulle part, Docteur s'arrête net. Seydou lui assène un coup de bâton. Il réplique par un coup de pattes. Les fagots tombent à terre. Seydou s'écarte. « Qu'est-ce qui se passe ? », demandé-je, inquiet. « Cet idiot veut seulement nous mettre en retard », répond-il furieusement en ramassant les fagots dont les nœuds ont été défaits. *Gangara Ganki* sur le dos de Seydou courbé, un petit animal poilu, essayant de lui mordre la nuque. Il fait une pirouette, ne comprenant pas ce qui lui accroche aux cheveux. Je tire lâchement l'animal par la queue et le lance vers un tronc d'arbre. Il se roule en boule, se redresse et commence à siffler dans notre direction. « C'est un ratel ! Reste derrière moi ! Surtout, tu ne le quittes pas des yeux », m'ordonne Seydou. Il saisit un morceau parmi les bois. Je l'imite. Le ratel nous tourne autour. Effrayé, Docteur s'enfuit, traînant la pierre d'attache à sa suite. Il s'engouffre dans les hautes herbes de la terre des nageurs. Nous sommes seuls face au ratel qui montre ses crocs, marche à reculons et siffle. Seydou se saisit d'une énorme pierre. Le ratel se sent menacé. Il devient de plus en plus belliqueux, et agite ses pattes avant.

« Tourne-toi ! », me dicte Seydou. « Mais tu m'as dit... », bredouillé-je avant que Seydou ne crie : « Fais ce que je te dis. » Je m'exécute. Le bruit d'une pierre qui tombe suivi d'un gémissement lamentable, comme le supplice d'un chien asphyxié. Je me retourne, et aperçois le ratel agonir sous la pierre. Seydou est couvert d'un liquide visqueux. Son visage transpirant reluit. Nous reconstituons les bois en deux fagots et chacun en porte un sur la tête.

Du côté des puits, derrière les vergers, des femmes transportant des seaux d'eau sur la tête fixent nos fagots. « Hum, du bon bois sec en cette période. Où l'avez-vous trouvé les enfants ? », demande l'une d'entre elles en tâtant les écorces comme l'on tripote des fruits mûrs. Elle porte un grand ensemble bleu complété par deux protège-foulard, support du seau. Seydou la regarde avec dédain. Mais la femme insiste :

— Dites-moi les enfants ? Ce bois est-il à vendre ?

— Ce n'est pas à vendre ! C'est pour ma mère ! clame Seydou.

— Même pour cinq cents francs les deux fagots ?

Seydou cherche mon regard. Il s'approche et murmure :

— *Djo*, tu en penses quoi ?

— C'est comme tu veux !

— Pour six cents francs, je te donne les deux fagots, propose-t-il à la femme.

— C'est cher.

— Ok, laisse tomber !

— Non, non ! Pas si vite ! Venez avec moi.

Elle se sépare du reste des femmes, nous mène dans un verger. Nous déposons les fagots près d'une vieille dame qui arrose ses laitues. Elle prend l'argent auprès de celle-ci et nous règle notre dû. Nous continuons vers les puits. Arrivé, Seydou emprunte un puiseur et se verse une bonne quantité d'eau sur la tête :

— Pour la vente, tu ne dis rien à personne !

— Oui, mais je veux ma part.

Nous partageons l'argent. Nous courons et arrivons dans la rue des lions. Docteur gambade tranquillement dans le centre du village. Lorsqu'il voit Seydou, il s'immobilise comme s'il avait été surpris dans un champ de maïs. Seydou l'insulte copieusement. Je ne sais pas s'il comprend, mais il marche lentement et le suit. Apparaissent Demba et le père de Seydou, l'un assis derrière l'autre sur la moto. Les phares, peu lumineux, peinent à éclairer avec les dernières lueurs de la journée qui résistent.

— Que faisiez-vous encore dans la brousse ? hurle Demba.

— Nous cherchions encore du bois ! réponds-je.

— Où est donc ce bois ?

— Nous n'en avons pas trouvé ! dis-je insolemment pour couvrir Seydou.

Demba soupire et secoue la tête. Le père de Seydou descend, il le prend par la main. Je jette ma jambe sur la moto, et m'assois à califourchon à cette place.

Devant son bâti, Mama est assise comme une juge dans un tribunal, bien adossée à la chaise, le *siwak* planté entre les dents, et le voile retombant sur les jambes. Dès qu'elle m'aperçoit, elle sursaute :

— Mon petit mari est sain et sauf. Dieu merci !

Elle lance un retard méprisant à Demba qui baisse la tête, fait redémarrer sa moto et s'éloigne.

III

Le temps des semences est presque fini. Quelques pousses de maïs, d'arachide, et de canne à sucre jonchent la plaine depuis la terre des eaux-ramassées, la terre du Sahel, la terre du henné, la terre des baobabs, la petite terre inondée, la grande terre inondée, la terre des grands fromagers, la terre des nageurs, la terre des jujubes, la terre des vierges, jusqu'à la terre des lions. Sans attendre que Demba vienne me chercher, je me précipite tous les jours dans la charrette derrière Tah-Tah Bakary. Je me suis fait une place dans la troupe. On me respecte de plus en plus, et Demba me confie des tâches de plus en plus sérieuses. J'en ai presque des ampoules et des callosités sur les mains comme Tah-Tah Bakary et ses mains de casseur de bois, ou ces autres Taboussi pétris d'orgueil qui veulent se comparer aux villageois dans les travaux agrestes. À moi, Demba confie sa radio Sony pour rechercher les chaînes, me donne son téléphone pour composer les cartes prépayées, me fait faire le calcul des dépenses, me fait vider l'huile de sa moto. Parfois, il me demande de la laver au puits en rentrant. Il ne peut vraiment pas se passer de moi.

Nous sommes de retour des champs. Seydou me propose de l'accompagner chez le coiffeur. Une tignasse touffue s'est formée sur son crâne. J'ai pris le temps de tout observer. Pour les questions capillaires au village, les filles se font tresser par des amies, ou par les femmes de la caste des cordonniers. Quant aux garçons, ils forment des rangs et offrent leurs crânes à l'homme le plus méchant de la famille (le genre de Demba), qui leur arrache le cuir chevelu avec des lames-rasoirs. Les jeunes branchés, qui veulent ressembler aux joueurs de foot et chanteurs de coupé-décalé, malgré l'opposition formelle des parents, partent se coiffer à Yélimané. Mais grâce aux vacances, et à l'afflux des diasporiques, un Taboussi ivoirien, a improvisé un salon à l'entrée de la cour de sa famille, en face de la place publique. C'est un hangar en paille comme il en existe partout dans le village, orienté Nord-Sud, avec une table en vieux bois où sont disposés les ciseaux, lames, rasoirs, peignes, brosses, chiffons, savons, et alcools. De l'autre côté, un banc sert à la dizaine de personnes qui patiente. Un petit garçon en pleurs, qui tremble, narines dilatées et laissant couler la morve, est rassuré par un plus âgé : « T'inquiète, ça ne va pas te couper la tête. C'est pour te rendre plus beau. Arrête de pleurer s'il te plaît ! Si ça finit et que tu restes sage, je vais t'acheter des bonbons… Regarde Issiaka, il est bien brave, il est en train de se faire coiffer, il ne pleure même pas. Ne peux-tu pas faire comme lui ? *Hein* mon grand ? S'il te plaît ? » Le garçon amplifie ses pleurs, comme une pleureuse de dernière minute, et le ton de son aîné monte dans les aigus comme celui d'un clerc en sermon de vendredi : « Tu ne veux pas t'arrêter. D'accord ! Tu veux m'en faire baver. D'accord ! Je vais te ramener à la maison. Papa va te raser la tête sans savon. Tu verras, il fera des grosses entailles sur ton gros crâne et mettra l'alcool fort dessus. Et puis si tu continues à pleurer, je vais t'arracher la langue, et l'offrir aux chacals. Petit phacochère ! Chiot maure ! Agneau barbare ! Pintade orgueilleuse ! Serpent danseur ! *Kakala* voyageur ! » Passant le pouce sous sa propre gorge pour montrer ses intentions, le grand ajoute : « Regarde-moi, je vais te couper la tête, comme ça c'est fini, puisque tu ne veux pas te taire, j'en ai marre, tout le monde en a marre. Je m'en vais te jeter à la rivière, et puis l'eau va t'emporter… Non, je vais te couper la tête, te déchirer le ventre et puis on n'entendra plus parler de oi. » Il empoigne la main du petit garçon et le soulève comme s'il mettait à exécution ses menaces. *Saziké !* Celui-ci se tait. Qui est fou ?

Le tour de Seydou arrive. Il s'assoit sur le tabouret. Le coiffeur lui passe le poncho autour des épaules. Je sors, m'adosse au hangar, et balaie d'un regard la place publique, où les vieux du village ont leurs quartiers : le chef Vieux-Bambou connu sous le nom de règne Mouche-Silencieuse, le griot Quatre-Pile, l'imam Chapelet-Court, le tirailleur Sarazan-Moussa, le médecin Piqûre-Douce, le gérant de la cabine Tonneau-Vide et le chef des commerçants M. Sans-Crédit. C'est là qu'ils se réunissent pour débattre « des affaires hautement importantes ». Leur agora occupe le centre de la place, autour duquel se trouvent les épiciers, le boucher, le boulanger, les vendeuses hebdomadaires de légumes, les salons de coiffure, les vendeuses de beignets et autres débrouillards. Puis, je jette un regard sous le hangar et aperçois le coiffeur qui entame la tête de Seydou. Il enlève des cheveux crépus le long des tempes, et débute une ébauche de la coupe Balotelli.

Un tohu-bohu s'élève. Des grognements rauques mélangés à une supplication aiguë s'amplifient. Seydou s'écrie : « Hamet, qu'est-ce qui se passe dehors ? » Le temps que je réponde, le coiffeur s'arrête et sort la tête du hangar. Nous voyons un groupe d'hommes qui traîne une femme par les vêtements vers la maison du chef. Le coiffeur jette le rasoir et part s'affairer, suivi des autres clients qui attendaient leur tour (affairage de çà là). Seydou se lève, la tête pas finie, pour les suivre. Je le suis. (Son pied, mon pied.) Nous désertons le salon-hangar.

Tous les grand-grands messieurs du village désertent l'agora et basculent chez le chef. Sa maison est une cour ancienne de l'époque où le village ne comptait que cinq cents habitants. Elle est devenue étroite au fil des années. Le vestibule accueille les derniers curieux. Le chef Mouche-Silencieuse et ses courtisans s'assoient, à l'ombre d'un bâti, sur des nattes plastiques recouvertes de tapis maures sur lesquels sont jetés des oreillers en cuir. En arrivant, nous nous arrêtons avec la masse qui ruisselle vers le cercle. La foule d'hommes remet l'accusée aux hommes de main du chef. Elle est placée derrière le chef et ses courtisans. Personne ne lui jette rien à la figure. Mais elle plonge sa tête entre ses jambes et rabat son voile teinté de poussière sur sa tête. Un courtisan demande à chasser les femmes et les enfants. Deux dames musclées, irritées par la possibilité de se faire éjecter, font la locomotive du groupe et poussent vers l'avant. La masse inonde le courtisan au point de l'écraser. « *Ayi !* quoi ! Le gars veut nous gâter notre affairage cadeau comme ça. On ne va pas se laisser faire. » Les autres courtisans, voyant la souffrance de leur collègue, n'adhèrent pas à la proposition. Tout le monde est admis. Les hommes sans titres forment le premier rang du cercle des affairés. Certains sont assis à même le sol, d'autres sont debout et bras croisés. Les femmes les suivent. Nous nous faufilons entre les deux pour entendre et voir la palabre. L'affaire est sérieuse. Très sérieuse ! L'accusée est soupçonnée d'avoir mis la chose dans la bouillie de son mari et de son beau-fils. Les raconteuses professionnelles, qui ont assisté aux premières heures de l'histoire, se donnent des détails afin d'être au point avant le début de la palabre. Des enfants pleurent, cherchant leurs mamans, ayant abandonné la maison, pressées par l'urgence du colportage. Seydou et moi sommes noyés dans la masse. Quelques phrases s'échappent du brouhaha et viennent à mes oreilles. Je cherche leur provenance. Deux dames, une dodue et une svelte, portant chacune un enfant sur le dos, un deuxième sur le flanc, et un troisième dans les pattes, discutent :

— C'est l'unique fils de la famille qui a porté la calebasse de bouillie jusqu'aux champs, commente la dodue.

— Heureusement qu'il n'a rien bu, fait la svelte.

Tirant son fils par l'oreille pour qu'il arrête de s'agiter, la dodue l'accuse :

— Si ça avait été toi, gourmand comme tu es, tu serais déjà mort. Allez ! Pose tes fesses à mes pieds !

La svelte réplique :

— *Houm !* Son mari l'avait battue ce matin avant d'aller aux champs.

— Mon mari aussi m'a battue hier soir. Mais je n'ai pas essayé de l'empoisonner. Depuis la nuit des temps, les hommes battent leurs femmes. C'est comme ça ! Nos grands-mères ont été battues, nos mères aussi. Jamais aucune n'est allée aussi loin. Cette femme est simplement une sorcière.

— C'est ça même. En tout cas, il paraît qu'elle est stérile. Les stériles sont méchantes. Toi-même tu sais !

— *Walaye Allah*, ça ne peut être que ça. Elles pensent que c'est la faute aux autres si elles n'ont pas d'enfants.

— Ce qui est bien, il faut les taper. (En appuyant le K de *Kaatou* en soninké.)

— Ça c'est vrai. Ma deuxième belle-sœur avait refusé de tomber enceinte. Elle mangeait cadeau le riz et la sauce de mon frère.

— Ah bon ? (La svelte se saisit le menton et incline la tête vers l'avant.)

— Oui ! On l'a épousée toute maigre comme un spaghetti. (Elle montre son mineur.) Elle a grossi chez nous comme un hippopotame. (Ses bras sont en arc autour de son corps.) Mais elle ne voulait pas prendre de ventre.

— *Kabako !* crie la svelte, l'air complètement outrée.

— *Houm !* (La dodue se frappe la cuisse.) On s'est réunies entre sœurs. On a dit : « Celle-là, il faut la taper. » Tout le monde a répondu : « Oui il faut la taper pour qu'elle nous fasse un fils. » On est parties la trouver dans son avant-toilette un après-midi. Elle a essayé de s'enfuir. Moi-même, j'ai calé la porte. (Elle fait un carré avec ses épaules pour élargir son dos.) On s'est jetée sur elle. On l'a bien tapée sur son devant et son derrière. Deux mois plus tard, *walaye Allah*, elle a mangé les haricots et son ventre a gonflé. C'est comme ça qu'il faut faire !

— Tu vois non ! Femme stérile oh, femme qui n'accouche que des filles oh, il faut les taper ! renchérit la svelte en fouettant du geste comme un gourmand qui secoue les doigts après les avoir plongés dans un plat chaud.

Le griot Quatre-Pile demande le silence. Comme obéissant aux ordres d'un chef d'orchestre, chacun range sa partition et son instrument. Quatre-Pile rajuste les bords de son gros boubou et lève l'index vers le ciel :

— Hommes et femmes de Fabanka ! Notables de Marountera ! Dignes descendants des guerriers ! Fils et filles du terrible sanglier qui se roula par terre…

— Pitié Djeliba, viens-en aux choses sérieuses, le temps presse.

Un puissant silence vient. On entend les mouches voler. Tous se regardent dans les yeux en l'attente d'un quelconque ordre.

— C'est sûrement un étranger qui ne connaît pas nos coutumes, murmure la dodue.

— Il va avoir des gros problèmes, siffle la svelte.

Les murmures prennent le dessus. L'apostropheur se noie dans la masse par peur de représailles post-palabres. (Seuls les notables et courtisans ont le droit de parole dans l'assemblée.) Quatre-Pile lève les deux mains au ciel pour arrêter la musique bruyante des voix. Mouche-Silencieuse agite sa queue de bœuf. Quatre-Pile reprend :

— Ainsi soit-il ! On va trier les cailloux et les graines de cette affaire.

— Djeliba ! s'exclame à nouveau Mouche-Silencieuse.

— Oui, moi ! répond le griot Quatre-Pile.

— Faites venir les goûteuses !

— *Ayiwa !* Le témoin du menteur se trouve toujours sur la rive opposée. Goûteuses ! Venez devant tout le monde !

Une première goûteuse vient, plonge le doigt dans la bouillie, le dépose sur la langue, crache comme une enfant goûtant du citron, puis hoche la tête et dit :

— La chose est dedans !

— La deuxième s'il vous plaît ! crie le griot Quatre-Pile à nouveau.

La deuxième goûteuse vient, prend une calebasse-cuillère, touille la bouillie comme pour diluer la substance, puis y plonge le doigt et le met sur la langue. *Pouah !* Elle crache et hoche la tête :

— La chose est dedans !

— Une troisième !

Elle vient, plonge le doigt dans la bouillie, le met timidement sur sa langue, les yeux roulant comme ceux d'un chieur dans les hautes herbes qui craint d'être découvert, et recrache :

— Je ne pense pas que la chose soit là-dedans.

— Pourquoi n'as-tu pas avalé alors ? demande un courtisan.

Un autre se lève et crie en indexant la goûteuse :

— C'est la tante maternelle de l'accusée. Elle n'est pas crédible.

La goûteuse grimace comme pour se dédouaner. Se tenant la taille avec les mains, elle dit :

— Elle est ma nièce certes, mais ça n'a rien à voir. Ça fait dix ans que je suis savonneuse, et je me fie à ma langue. Je ne suis pas sûre que la chose soit là-dedans. Et puis…

Elle s'abaisse, saisit la calebasse-cuillère pour goûter une seconde fois et montrer sa bonne foi.

— Nous n'allons pas continuer ce cirque. Elle est coupable, reprend le même accusateur.

Une grosse forme fraie la foule, s'avance comme un éléphant, et vient se poser au milieu. C'est la cheffe des savonneuses qui connaît bien-bien le goût de la chose chimique potassium, carbonate de sodium, et sait à la goutte de salive crachée près les molécules et composants. *Sazikê !* Elle arrache la calebasse-cuillère des mains de la dernière goûteuse, supposée tante de l'accusée, la pose sur les lèvres, puis sous le nez, en sent les effluves. Elle lève les yeux, balaie la foule du regard comme pour la défier, et se remplit la bouche *glouglou*. On pense qu'elle avale, mais elle remue la bouillie dans sa bouche, recrache *pouah*. Sa sentence tombe :

— La chose est bel et bien là-dedans. Toute personne qui soutient le contraire est complice de quelque chose.

Le médecin Piqûre-Douce se lève et commence à agiter ses bras, comme manipulant des éprouvettes :

— Vos procédés ne sont pas très scientifiques. Il faudrait apporter la bouillie au laboratoire pour contrôler les éléments. Il pourrait y avoir une réaction chimique entre le sucre et l'hydroxyde de sodium qui pourrait être à l'origine de cette ébullition. Puisqu'à une certaine température, le sucre...

La foule le discrédite d'un *heu* volumineux. Ce n'est pas la première fois que Piqûre-Douce et ses collègues de la médecine des Blancs tentent de discréditer les experts en plantes et antidotes du village. Le griot Quatre-Pile se tourne vers la femme :

— Où est-ce que tu as trouvé la chose ?

Il n'y a pas deux fournisseurs de la chose dans le village. Tous les yeux se dirigent vers M. Sans-Crédit, import-export de carburants, céréales, huiles, essence, pétrole, bétail depuis la Mauritanie. Il se défend :

— Ce n'est pas moi *dèh* ! Je ne vends la chose qu'aux professionnels *walaye bilaye*...

Il bégaie et tente de trouver un autre coupable parmi les détaillants qui sous-traitent ses commandes. Le tirailleur Sarazan-Moussa lui vient en aide :

— Il ne s'agit pas de savoir où elle a trouvé la chose, ni comment elle l'a trouvée, mais nous sommes là pour savoir ce qui l'a poussée à mettre la chose dans la bouillie de son mari.

— La jalousie ! crie une partie des courtisans.

Tonneau-Vide se lève, croise ses bras au dos. Tout le monde comprend qu'il s'apprête à délivrer une information :

— Accouche ! lance un courtisan.

Tonneau-Vide se rassoit à sa place, jambes en tailleur, lève l'index vers le ciel, et témoigne :

— Je l'ai entendu de mes propres oreilles. Au nom d'Allah ! Il y a deux semaines dans ma cabine à 16 h 48 précises. Elle en parlait avec sa copine de Paris. Elle voulait divorcer. Elle disait qu'elle n'en pouvait plus de ce mariage où elle n'a pas fait dormir la moindre goutte d'eau. Elle voulait utiliser du verre pilé pour en finir.

Il marque une pause, comme s'il attendait que des voix approuvent ou réagissent à ses dires. Le silence lui est une réponse. Il continue :

— Comme je le disais. Elle voulait faire la chose avec le verre pilé. Mais sa copine lui dit : il ne faut pas faire ça ! Tu es trop jeune pour mourir. Elle a commencé à pleurer. C'est là que la copine lui a dit…

— Arrête Tonneau-Vide ! Comment peux-tu avoir entendu l'autre partie de la conversation ? intervient un courtisan.

— Je vous jure que j'ai entendu, se justifie Tonneau-Vide.

Ses derniers mots s'échangent pour être décortiqués. Un brouhaha s'installe. Mouche-Silencieuse agite sa queue de bœuf de nouveau. Le griot Quatre-Pile se racle le gosier et demande le silence. L'imam Chapelet-Court tousse deux fois pour attirer l'attention des autres, puis ajuste son serre-tête au-dessus de son turban de Bédouin :

— *Aouzoubila mina sheytane razimih !* Je chasse le Satan, et commence par le saint nom d'Allah, créateur des cieux et de la terre. Je jure sur Allah ! Ce qui est dit, est dit ! Ce qui est fait, est fait ! Ce qui se fera, se fera ! Et même la mort avant de venir, est venue.

— *Naam !* fait le griot Quatre-Pile.

— Le destin est écrit sept mille sept cent soixante-dix-sept ans avant la naissance. Et je jure que l'homme ne fait que suivre le chemin tracé pour lui depuis les sept mille sept cent soixante-dix-sept ans avant sa naissance. Ce qui est arrivé a précédé la naissance de Tapa elle-même ici présente. (En se retournant et désignant du doigt l'accusée).

Le médecin Piqûre-Douce, qui ne digère toujours pas son invisibilisation par la foule, s'en prend à Chapelet-Court :

— Non ! Non ! Et non ! *Aladji,* vous ne pouvez pas déresponsabiliser cette femme de l'acte criminel qu'elle s'apprêtait à faire. Elle l'avait sûrement prémédité.

Piqûre-Douce a dit le mot « prémédité » en français. Les sourcils se froncent. Il le traduit puis bascule dans un long monologue sur les dispositifs légaux. Il finit par dire :

— Il faut qu'elle serve d'exemple aux autres. Imaginez-vous le nombre d'hommes qui mourraient si l'on laissait des criminelles comme elle en liberté.

Tous les hommes, courtisans et roturiers, paysans et couturiers, commerçants et voituriers, méchants et sorciers, approuvent ses mots par un hochement de tête. Les femmes restent silencieuses. Certaines mordent leurs lèvres, d'autres leurs doigts. Toutes ont les yeux rouges.

— Je ne la déresponsabilise pas, reprend l'imam Chapelet-Court. Mais ce que je dis, c'est que l'acte en lui-même a précédé son arrivée dans ce monde. Et même s'il était « prémédité », nous pouvons lui pardonner. Dieu aime le pardon, et pardonne lui-même à ses serviteurs !

— Nous sommes dans une république laïque. La loi de la république s'applique, rétorque Piqûre-Douce.

L'imam Chapelet-Court perd sa sagesse. Il se lève, chapelet pendouillant au poignet, et indexe Piqûre-Douce :

— Quelle loi de la république ? S'il s'agit de donner des pilules à nos femmes et de nous empêcher de nous multiplier, tu es bon dans ça. Vendu phacochère avorteur mécréant !

Piqûre-Douce fait le vexé, sort son gros Nokia 3310, compose des chiffres pour bien montrer ses intentions et sort de la palabre. Trois hommes se mettent à sa poursuite pour essayer de le raisonner. Puis soudain, l'accusée, prise d'un instinct de survie, manque de marcher sur la tête du chef. Elle s'enfonce dans la foule comme un camion-bélier. Certains veulent la courser mais le chef dit :

— Laissez-la, on ne s'impatiente pas avec son rat de chambre. Elle ne peut aller au-delà du village.

— Vois-tu sa tête ? On dirait le cul d'un singe, se moque un petit garçon, en remarquant l'ébauche *Balotelli* sur la tête de Seydou.

Il le menace de coups en levant le bras. Le garçon s'enfuit. Nous retournons chez le coiffeur.

À ce qu'il paraît, dès la fin de la palabre, c'est-à-dire notre retour au salon, les gendarmes de Yélimané, aux grosses bottes et aux bras musclés, sont venus dans leur 4×4 gris. Ils se sont mis à la recherche de l'accusée, ont fouillé toutes les maisons et ont fini par la trouver chez la troisième épouse de l'imam Chapelet-Court. (Lui aussi complice de quelque chose.) Ils l'ont ramassée mal-mal, et l'ont jetée dans leur 4×4 sans même demander les raisons de son acte. Qui a dit que la chose n'était pas là-dedans ? Personne ! La troisième goûteuse, qui avait émis des doutes, a fui le village avant l'arrivée des gendarmes. (Humiliation revendiquée par la belle-mère de l'accusée.)

Mama, à qui j'ai rapporté l'histoire en rentrant à la maison, en sait plus que moi :

— Cette femme, me dit-elle, est victime d'une congélation de grossesse.

— Quoi ? Elle fait des bébés glacés !

— Vraiment, les Taboussi, ce que les gens disent sur vous est peut-être vrai. Il ne manque plus que des cornes vous poussent sur la tête... Écoute, mon petit mari, une congélation de grossesse, c'est lorsqu'un membre de la famille décide de nouer les intestins de naissance d'une femme pour empêcher son mari d'avoir un héritier.

— Mais si c'est vrai, pourquoi les courtisans n'ont-ils pas parlé de ça ?

— Est-ce que les courtisans ont dit que son mari la frappe tous les jours ?

— Non !

— Ces hommes, soi-disant courtisans, ne parlent que de ce qui les arrange. Tout ce qui les effraie dans cette histoire, c'est qu'un homme, avec une barbe comme eux, a failli avaler la chose. Ils n'en ont rien à faire, d'elle.

— Dans ce cas Mama, pourquoi n'es-tu pas venue défendre cette femme ?

— Pourquoi ? Ici, ce n'est pas Bamako.

— Mais...

— Mais, rien, tu es trop bavard. Va jouer !

En repartant, elle marmonne :

— Est-ce qu'avec toutes ces méchancetés Dieu aura pitié de nous et continuera de nous offrir sa pluie ?

Nous sommes aux champs. L'horizon colline-ciel semble mal cousu. Le soleil est suspendu comme un bouton de secours serti de diamants dont la lumière rayonne le jour. L'air est enfermé dans les poumons de la terre qui ne respire plus. Seydou et sa famille préparent la charrue pour finir les labours et disperser les grains de mil. Ils ont pris du retard par rapport à nous qui avons déjà nos pousses. Je les observe de loin, assis sur les grosses racines du fromager. Je m'occupe à capter la radio rurale pour « Tracteur-Ambiance », l'émission préférée de Demba. Un bruit sec surgit. Je relève la tête, et vois la charrue renversée sur le côté. *Saziké !* Le père de Seydou est en train de courser le taureau de traction. Il crie : « Aidez-moi ! Aidez-moi ! » Demba et les autres jettent leurs *tongué*, et se mettent à la poursuite de l'animal. Je dépose la radio, et feins de m'intéresser à la traque. Le taureau est rapide.

Ils sont bien loin, je reprends la radio. (Dieu sait que je crains les taureaux.) « Lance la corde sur la corne ! », crie une voix parmi les cow-boys. Une autre voix la suit : « Ne reste pas là, bouge ! Il arrive. » J'aperçois une grosse poussière entre Tah-Tah Bakary et le taureau. Je ne comprends pas dans quel ordre ils se suivent. Si c'est le taureau qui poursuit Tah-Tah Bakary et la poussière, ou si c'est la poussière qui suit Tah-Tah Bakary et le taureau.

Ils sont parvenus à maîtriser l'animal, essoufflés et éreintés. Ils le remettent au père de Seydou. On lui conseille de faire boire un litre d'eau salée à l'animal. Demba revient sous le fromager, enlève ses bottes et met des chaussures méduses. Il dit entre deux respirations : « Bon, vu l'état de la terre, travaillez entre la parcelle des Dodue et le fromager. Pour le reste nous attendrons le ciel. » Nous n'attendons pas longtemps le ciel. Demba se rétracte et nous demande de rentrer une bonne fois.

Cela fait plusieurs jours qu'aucun gros nuage n'a traversé le ciel. La terre commence à s'assécher malgré l'humidité laissée par les précédentes pluies. Les femmes ont déserté leurs parcelles parce que le sol est incultivable. Demba, lui-même, a hésité à nous faire venir aux champs, mais voyant les autres « hommes » s'y démener comme des pèlerins assoiffés, cultivateurs jusqu'au-boutistes, qui piocheraient même dans de la pierre, il nous a rassemblés par peur d'être le paresseux du village, par peur que le soir même la pluie ne vienne.

L'imam Chapelet-Court a convoqué une prière collective. Tout le village, vraiment tout le village, est à la mosquée : les vieux désœuvrés drapés dans leurs soutanes et tuniques de Bogolan, les vieilles sorcières bardées de chapelets, les *damandaka* épouses d'aventuriers voilées jusqu'à la cheville, les jeunes filles turbulentes rangées les unes derrière les autres comme des nonnes, les jeunes garçons bagarreurs en pleine supplication pour l'absolution de leurs péchés, les perclus traînant sur leurs fesses, les manchots et les aveugles en quête d'aumône. Mama dit que pour voir pareil monde sage et pieux, il faut soit une éclipse, soit une série d'incendies de forêt, soit une épidémie de choléra, soit une petite sécheresse comme celle qui risque de se produire. J'y suis avec Seydou, calé au dernier rang entre la salle des hommes et la salle des femmes. J'observe, installé derrière le muret qui sépare les deux salles. Mama, qui s'est enveloppée dans une grande robe noire à l'occasion, transpire au premier rang du côté des femmes.

Le muezzin chante le deuxième appel à la prière. L'imam adjoint, chargé du prêche, arrive. On lui installe son matériel. Il prend le micro. Il critique bien-bien les vices des villageois. Il dit que, si le ciel est fâché, c'est à cause des péchés des hommes : la haine, les rancœurs, l'envie, la jalousie, la fornication, le mensonge, la sorcellerie, le divorce, l'infidélité. La partie la plus douce arrive. Il commence à parler du colportage, radio Congossa internationale, escroc-Quatre-Pilage. Le boulot de ceux qui mangent la chair de leurs prochains, ceux qui mettent leur goutte de salive dans le bol de lait des autres, ceux qui salissent leurs semblables avec des mensonges pour passer le temps. *Walaye bilaye*, tous les colporteurs ont des grosses gouttes de sueur le long de leurs tempes. Qui dans le village ne s'est pas mêlé de la vie de quelqu'un en traitant d'Amadou à Zoumana tous les points non consensuels ? Tout le monde se repent en récitant des *astakh fur'Allah* trois fois soixante-six. Le tohu-bohu de ça, il faut être là pour entendre.

L'imam Chapelet-Court reprend le culte. Le silence reprend. Il récite son sermon en arabe littéraire concentré, en y mettant l'accent nasal, comme un bébé qui découvre le sucre et les mots en même temps. Il récite rapidement et sans articulation. On entend des *Loum fakir zul koune shey milo tati touta boulou gouta,* ensuite des *saki sosi mode rabil kadafi,* et enfin des *sobirou kobla kobla zoro mondi ere soto titi lila bobi santa.* (C'est sûr qu'il ne s'adresse pas aux habitants de Fabanka.) Plus il avance dans sa langue, plus sa voix devient triste, et il pleure. Ça doit être le moment où lui seul comprend et jouit de sa description de l'enfer et du jugement dernier : les crochets au talon des hypocrites, les vins en liquide de feu dans les entrailles des buveurs, les rivières de pus et de caca pour les voleurs, les porteuses de mèches brésiliennes pendues par les cheveux, les coups de fouet en matière inconnue de notre monde pour les fornicateurs. Comme tout le monde est là pour se repentir, tout le monde pleure en le voyant pleurer. *Walaye bilaye !* Il faut voir Demba et le père de Seydou au premier rang, aux côtés de Quatre-Pile, Piqûre-Douce et M. Sans-Crédit, en train d'essuyer leurs larmes, et de hocher la tête devant ce flow d'arabe littéraire.

Avant d'arriver à la mosquée. Mama m'a expliqué qu'avant-avant, c'étaient les Wagué qui appelaient la pluie. Il suffisait qu'ils entrent dans la nuit noire pour que le ciel, leur père, cède à leurs caprices. Elle m'a dit : « Un Wagué qui veut appeler son père doit se préparer sept jours avant et sept jours après.

Il ne touche pas la chair sept jours avant et sept jours après. Il ne se purifie pas sept jours avant et sept jours après. Le jour du milieu, il se met nu. Il chante l'appel. Il déambule dans les rues du village. Le joueur de tam-tam le suit. Il appelle son père. Son père lui répond. Il demande de l'eau pour sa mère la terre. Son père le ciel pleure pour les désaltérer. » La seule année où le père-ciel des Wagué ne les écouta pas fut l'année du mil rouge. Aucune magie ne parvint à faire pleurer le ciel. *Walaye bilaye !* Les graines enfouies dans le sol pourrirent avec la chaleur rejetée sur la terre par le méchant soleil. Les denrées de la récolte précédente s'épuisèrent parce que tout le monde avait eu la bonne idée de remplacer le mil et le maïs par la canne à sucre et le coton, pensant qu'ils allaient s'attirer les bonnes grâces du régime militaire parrain de paysans cotonculteurs. Mais niet ! Seuls les adhérents avec carte de membre eurent droit aux rations de l'Union démocratique du peuple. Ceux qui avaient de l'or allèrent à Kayes-Ville s'acheter des provisions, montés sur des ânes, fusil sur l'épaule. (Personne n'est fou pour se balader les mains vides avec pareille richesse.) Mon grand-père, qui avait dilapidé tout l'or de Mama dans ses histoires de polygamie, plia ses tissus un matin, sauta le mur de l'avant-toilette et prit la sortie-des-champs (la porte de derrière), comme un voleur. Il rejoignit des amis qui allaient cultiver l'arachide en Sénégambie pour les riches chefs de la confrérie mouride dont les récoltes remplissaient les gros bateaux des négociants Libanais. Alors qu'il aurait pu saisir le dominant militaire par les bourses, serrer fort avec les dents de la machine, en bon cotonculteur qui fait tourner l'industrie, broyer jusqu'à obtenir un liquide pur d'argent qui serve sa mission. (Traduction : S'engager au parti et presser le patron jusqu'à la dernière goutte, son ventre graisseux et son visage joufflu.) Mais il préféra partir. Son escapade devait durer un temps que les nouvelles épouses ne voulurent supporter. Elles plièrent bagage et retournèrent dans leur famille. (Femme qui est venue dans le bonheur ne peut rester dans le malheur.) Mama, elle aussi, mit ses calebasses les unes dans les autres, plia ses tissus, et prit ses trois enfants, N'pa, son grand frère et sa grande sœur. Direction son village. Elle traversa toute la plaine : la terre des eaux-ramassées, la terre du Sahel, la terre du henné, la terre des baobabs, la petite terre inondée, la grande terre inondée, la terre des grands fromagers, la terre des nageurs, la terre des jujubes, la terre des vierges et la terre des lions. Lorsqu'elle fut à mi-chemin, entre la rivière des hyènes et le premier champ de son village, son père lui apparut en songe : « Fille ! Pourquoi quittes-tu la maison de ton mari sans autorisation ? Ne sais-tu pas que le mariage n'est pas un grand boubou de cérémonie dont on se défait une fois la fatigue advenue ? Retourne à Fabanka avant que le soleil ne se couche derrière la colline de l'Ouest ! » Ceux qui avaient vu sa grosse nuque partir ont vu son gros front revenir. Elle déplia ses tissus, remit les calebasses à leur place, et chercha un moyen d'adresser un message à mon grand-père. Elle finit par trouver un commerçant Mandinka qui prospérait dans le troc à cause de la sécheresse. Ce dernier faisait des aller-retours fréquents entre les rizières de la Casamance et la vallée sèche où se trouve notre village. Deux semaines plus tard, elle reçut la réponse. Mon grand-père lui demandait de venir à Kayes-Ville pour l'attendre. Elle mit de nouveau ses calebasses les unes dans les autres, plia ses tissus, et prit ses trois enfants : N'pa, son grand frère et sa grande sœur. Direction, Kayes. Elle suivit à pied la ligne onze du train-haoussa, remonta la plaine vers le nord-ouest, passa par les villages dépeuplés du Diafounou profond, les rivières poussiéreuses, les marécages secs du Diombokho, puis arriva à Kayes. Là-bas, elle ne connaissait qu'une seule personne : sa cousine mariée à un cheminot khassonké. Le genre de couple de la classe moyenne kayesienne qui ne se suffisait qu'à lui-même. Elle expliqua la situation à sa cousine. Cette dernière dont le mari ne gagnait pas assez lui suggéra d'aller chercher du travail. Elle déposa alors ses enfants et entra dans la ville pour chercher le pain. Elle prit de nouveau la ligne onze du train-haoussa de Kayes-Liberté jusqu'à Médine toute la journée sans succès. Son cœur se serra. Elle, fille de régnants, née et bercée dans l'or et l'argent, devenue cette chercheuse de travail à cause du ciel bleu triste. Elle partit se réfugier au bord du fleuve pour se lamenter : « Mon matin est arrivé dans une noix de cola, qui est allée à la dent de mes parents, et dont le jus a arrosé le vieux bois. Vous l'avez vu ! Me voilà, esclave de mon mariage, femme esclave de son mariage. Mon matin est arrivé clair comme le lait, grand comme le ciel, et serein comme un pèlerin. Maudissez ce matin, qui m'a faite esclave du mariage. Toi, l'imprudent, sache le destin. Pourquoi ? Pourquoi jeter les cauris au fou ? Ce ne sont que des cailloux ! Son destin ne se trouve pas entre vos mains. »

Pendant qu'elle se lamentait, chantant la vieille chanson aigre, elle se fit accoster par une dame bourgeoise qui s'avéra être l'épouse d'un commerçant import-export détenteur du monopole sur le riz et le sucre de tout-Kayes. Celle-ci reconnut dans ses scarifications, des lointains liens de parenté, puisqu'elle était elle-même issue de la branche cadette d'un clan allié du clan de Mama. Elle l'engagea. Mama lava les assiettes, fit le linge, balaya les chambres et la cour, sortit les poubelles, fit les courses et cuisina pendant trois semaines pour une paie journalière de cinquante-deux pièces. Se pensant tirée d'affaire, elle confia son salaire à sa cousine qui mélangea les comptes (traduction : elle détourna l'argent). Mama, qui ne savait pas compter l'argent et la contredire, se retrouva à la case départ. Le malheur n'arrivant pas seul, elle tomba malade. Ses pieds gonflèrent et ses yeux devinrent jaunes. Le grand frère de N'pa qui était le plus âgé (il n'avait que neuf ans) séduit avec sa petite mine, trop-beau-mignon, l'oncle de la patronne de Mama, qui lui confia cinq brebis, parmi la centaine qui l'occupait lui-même, vieux retraité du commerce qui voulait retrouver avec les animaux son enfance sahélienne de berger. Avec les deux pièces que mon oncle gagnait dans la journée, Mama achetait du *Djouka* de Fonio pour ses enfants. Mesdames et messieurs, N'pa et ses frères mangèrent du *Djouka* de Fonio pendant deux mois, matin, midi, et soir. La cousine ne leur refilait que les miettes de son propre repas dont Mama elle-même se contentait. Heureusement, Dieu nourrit le vautour ! La culture de l'arachide fut bonne pour mon grand-père. Lui et ses amis entreposèrent des tonnes de sacs dans les camions des négociants en échange de billets. Il revint de Sénégambie plein de francs maliens, avec lesquels il acheta du mil, du maïs, de l'arachide et du sucre. Tous repartirent au village. Mais d'autres n'avaient pas eu la même chance. Ils n'étaient revenus que six mois, voire une année plus tard. Revenant trouver des bâtis mangés par les termites et habités par les lézards.

Personne ne voulait revivre ça, donc tout le monde s'est réuni à la mosquée. Le muezzin a fini le dernier appel à la prière. Nous nous sommes levés et alignés, pieds joints aux pieds du voisin ou de la voisine. La prière commence par un « *Allah Akbar* ». L'imam récite la Fatiha et ajoute une courte sourate. Première inclination. Nous levons nos mains jusqu'au ciel de nos oreilles et crions : « *Allah Akbar* » puis nous nous inclinons. À ce moment précis, Satan doit être enchaîné, bâillonné, ligoté et jeté dans le dernier puits de l'enfer. J'imagine le pauvre Satan, responsable de tous nos malheurs, mis hors d'état de nuire le temps de la prière, en train de fomenter des plans, pour le coup, diaboliques, pour nous faire retomber dans le péché.

— Inutile de prier ! Tant que justice ne sera pas faite pour Tapa, aucune goutte n'arrosera la terre de Fabanka dit une voix surgie de nulle part.

Saziké ! Certains ont oublié la prière. Quelques curieux cherchent la provenance de la voix. J'en fais partie. Nous découvrons une vieille dame chétive en robe bleue de deuil. Croyant à une apparition, quelques-uns détournent le regard. La dame ose le discours :

— Mon mari est mort, il y a deux mois. Je suis en veuvage, terrée dans ma maison depuis tout ce temps. Et ma pauvre fille, qui est mariée à cet homme depuis dix ans, vous la jetez en prison parce que vous êtes puissants, parce que son père n'est plus là pour la défendre. Que vous a-t-elle fait ? Même si la chose était là-dedans, l'avez-vous vue la mettre ? Est-elle la seule qui a accès à la calebasse de bouillie ou à la cuisine de la maison ? Et d'ailleurs, qui dans le village ne sait pas qu'elle est battue comme une ânesse par son mari ? La fois dernière, il lui a cassé une jambe et deux côtes. Tout ça parce qu'elle n'a pas d'enfants. Comme si c'était elle-même qui décidait de ne pas avoir d'enfants ! Or, c'est Dieu qui donne l'enfant. Vous avez fermé vos yeux sur tout ça pour la mettre en prison. Je jure que si elle avait des frères aînés ou des oncles paternels, jamais les choses ne se seraient passées ainsi.

« *Allah Akbar* », nous nous inclinons. La dame retourne sur la pointe des pieds. « *Allah Akbar !* » Nous nous relevons. Elle n'est plus là. « *Allah Akbar* », nous nous prosternons. La prière suit son cours normal. Dernière station assise, l'imam donne le *salam* de fin. Les murmures se forment le long des rangs :

— Avez-vous vu la même chose que moi ?

— Oui, tu n'as pas rêvé, c'était la mère de Tapa !

L'imam, comme voulant anticiper les réactions, ordonne à tout le monde d'aller vers son prochain et de demander pardon. Les courtisans se font des signes de main. Ils sortent de la mosquée par groupes de deux. Le petit peuple se fond dans les lamentations. Les cousins s'excusent les uns devant les autres pour les disputes inutiles autour des terres. Les co-épouses se mettent à genoux devant leur mari pour toutes les querelles inutiles survenues à la maison, histoires de casserole manquée ou de sel volé. Les bouches épaisses se roulent par terre pour que les accusées-à-tort de sorcellerie du village leur pardonnent.

Il paraît que les courtisans se sont retrouvés chez le chef Mouche-Silencieuse. Cette fois-là, c'était vraiment sans les femmes et les enfants : palabre à huis clos. Donc je n'étais pas là-bas et je n'ai rien vu. Mais à la sortie de la palabre, le chef a envoyé une délégation à Yélimané, qui est revenue avec Tapa. Elle a été raccompagnée chez sa mère, qui a accepté le pardon du village présenté par les courtisans. Voilà que des gros-gros nuages envahissent le ciel et que les poudres de nuages inondent les rues de Fabanka. (C'était une congélation de pluie.)

Mais voilà, j'ai assez dit pour aujourd'hui. Toute cette histoire d'injustice envers les femmes, les histoires de sécheresse, et la misère vécue par Mama m'ont rendu triste. Je me tais. Ne m'écoutez plus ! Je m'en vais ! *Saziké !*

C'est la haute saison des cultures au village. Les pluies viennent en groupes, les unes le soir, les autres en après-midi, et les plus méchantes en début de matinée, bloquant le plus motivé des agriculteurs à la maison. La rivière blanche s'emplit à déborder sur les vergers, laissant une mousse jaunâtre sur les plantes qui poussent aux alentours. Les jeunes pousses de maïs et de mil atteignent la ceinture d'un homme complet ; et chatouillent l'épaule d'un homme moins fourni en taille. Au milieu de cette routine paysanne, une nouvelle vient, sautillante comme un poisson sorti de l'eau, pétillante comme une viande en friture, et croustillante comme la patate de midi. Seydou me l'annonce dès qu'il l'apprend : « La pêche collective de la mare. » *Gonga djati* ! M'ma m'a déjà parlé de cela. Tous les ans, à la fin des récoltes, les villages de la plaine du Diafounou et des monts du Guidimé se réunissent dans la mare pour la pêche collective. Cette année, il y a une exception. La pêche a lieu avant les récoltes. C'est une décision des gardiens de la mare. Ça tombe bien ! Je ne vais pas la rater. Pour l'occasion, les grands-grands messieurs du village ont décidé de *fériériser* le dernier vendredi du mois, et son jeudi. Seydou et moi dansons le *pitipan,* tournant sur nous-mêmes comme la terre tourne sur elle-même, mains agitées pour notre gloire à venir. C'est notre première fois, moi, le Taboussi explorateur, et lui, le villageois qui va passer le vestibule des grands.

Mama m'amène dans son avant-toilette. Le soleil se lève. Ses rayons timides, qui narguent les contours de la colline de l'Est, envoient des faisceaux orange sur nos visages. Mama me fait asseoir sur un tabouret. Elle me donne un panier de pêche, en feuilles de palmier tressées, et une amulette porte-bonheur (une crête de coq cousue dans du cuir de chèvre). Elle m'explique que les objets de pêche ont appartenu à N'pa, et puisque mon grand-père n'est plus vivant, et que N'pa a tourné le dos aux traditions, c'est elle, la femme garante de l'harmonie, qui doit me les transmettre. Elle n'en sait pas autant que les hommes, mais elle n'est pas non plus une profane. Elle m'apprend une formule dont les mots peinent à se corriger avec mon accent taboussi, et dont je tords le sens. Elle me fait promettre de ne la répéter à personne. *Houm !* Par personne, elle veut surtout dire N'pa. C'est lui, la semence de sorgho qui a donné des dattes, et dont le sucre gêne l'équilibre des repas. En tout cas, si les objets de pêche lui ont appartenu, il a, lui aussi, prononcé cette formule. Coupé-décalé rapide. N'pa ! Je l'imagine à mon âge en train de parader avec Mama pour la confection de ces objets. Pas du genre à se mettre en dernier rang, il a sûrement fait tailler ses outils dans le bois le plus inaccessible de la colline. *Fougou nian ! fougou nian !* Comme un chat qui aurait reçu de la sauce de souris sur le crâne. Mais c'est N'pa, je ne dois pas dire cela sur lui. Qu'Allah me pardonne !

Me voilà prêt pour le départ. Mama m'aide à ranger les affaires dans un pagne qu'elle noue en quatre, et suspend à un long bâton de berger. Elle m'accompagne jusqu'à la place publique où les charretiers sont garés. Je rejoins les autres. Dans les rangs, l'excitation dépasse celle du premier jour des cultures. Les paniers de pêche ont remplacé les *tongués*. Mais nul n'a pêché auparavant. En tout cas, pas avec un panier de pêche, dans une mare avec un millier de personnes autour. Excitation ou turbulence, une cohue a lieu. La peur est gonflée dans les mots. On raconte qu'il y aurait dans la mare des serpents d'eau douce, des épines, des pierres pointues, des grenouilles venimeuses, des poissons-djinns, des poissons-scorpions et des hommes-crocodiles. Cependant, ceux-ci n'effraient pas plus que les dangers qui courent le village. La véritable inquiétude est ailleurs. Les grands, partis le matin, sont déjà arrivés aux abords de la mare, d'après la rumeur. Ils ont honoré les parades de leur mère, en battant la plus grande quantité de poissons dans la mare les années précédentes. C'est notre tour de battre les poissons dans la boue. Nous n'avons droit ni à l'erreur ni à l'échec. Car on peut accepter et endosser les erreurs du débutant, mais s'il rapporte de la boue d'échec, sa mère seule l'aidera à crépir sa case de honte. En d'autres termes, soit nous rapportons plus qu'eux, soit nous restons leurs petits jusqu'à ce que la matrone puisse s'intéresser à nos épouses. C'est dur. Moi tout seul, je ne me rends pas compte à quel point un nombre de plus ou de moins peut changer le cours de l'histoire. Mais le nombre prend tout son sens dans la conversation avec les autres. Je ne prononce qu'une phrase sur la reproduction des poissons et leur monde de respiration, qui n'a rien à avoir avec la bravoure. J'aurais dû me taire. Les yeux ont failli tomber lorsque les oreilles m'ont entendu. Je m'éclipse, me faufile dans la foule grandissante de primo-pêcheurs et attends sagement l'arrivée des conducteurs. J'aperçois Seydou.

Je vais à la pêche pour ramasser les graines de conversation que je planterai dans le crâne de mes camarades de Bamako. Seydou y va pour faire honneur à l'aigle qui le porte. L'aigle le mène à la plus grande quantité de poissons pêchés. L'aigle ne prévient jamais de son envol, mais tous en connaissent la vitesse. Il bat des ailes et défie l'air. Ses ailes battent et soulèvent la fine poussière pour les beaux yeux des jaloux. Elles battent et perdent les mauvaises plumes qui servent à curer les oreilles attentives des curieux. L'aigle est fier ! Car l'aigle est l'origine. L'aigle vole depuis des jours dans le village. Son fils va à la pêche pour la première fois, il faut une parade pour immortaliser l'événement. Même si M'ma est à Bamako, je comprends qu'elle ne serait pas insensible aux valeurs de ses congénères. Elle a grandi dans ce village. Je ne suis pas dans la ville des caïmans pour voir. Mais son aigle vole sûrement sur le pont des martyrs et soulève le sable fin des chantiers pour les yeux des jaloux. Je ne suis pas dans la ville des caïmans pour voir mais l'aigle perd sûrement ses mauvaises plumes pour curer les oreilles des curieux. Je dois me mettre au niveau de Seydou, et me battre dans la mare avec la même férocité, si je ne veux pas passer le ciseau au milieu de son fil d'espoir, et déplumer l'aigle pour montrer sa maigreur au monde.

Nous avons quitté le village. Tah-Tah Bakary, notre chauffeur privé, est de la partie. Nous parcourons des longues distances sur des paysages variant du vert touffu de la forêt au vert aéré de la savane. Après des heures de charrette et deux crevaisons, la mare fait son apparition, les alentours noircis par un monde humain bricolant tentes et abris. Ceux-ci sont limités par des collines bossues. De l'autre côté de la plaine, nous apercevons les contours d'un petit village. Le minaret de sa mosquée ressemble à un tube au bout pointu. Tah-Tah Bakary nous explique que nous sommes arrivés.

La nuit est venue, il faut allumer un feu. Tout le bois, que nous avons coupé dans la journée a servi à bâtir les tentes recouvertes de plastique. Tah-Tah Bakary me prend par la main, avec deux autres garçons. Nous partons l'aider à ramasser les bouts de bois et d'écorce. Seydou veut venir, mais Tah-Tah Bakary lui ordonne de rester pour surveiller le thé. « Bakary ! Tu aurais dû garder du bois pour le feu, au lieu de tout utiliser pour les tentes », remarque un autre. « Fruit de l'oubli ! », répond Tah-Tah Bakary. Il nous mène vers les bois en contrebas de la colline de « l'autre ». Les crapauds chantent l'ennui et la solitude de leur nuit. Les insectes bourdonnent et s'écrasent contre nos peaux. Tah-Tah Bakary, avec sa torche, éclaire en avant. Nous entendons une chose grogner et respirer bruyamment autour. Tah-Tah Bakary éteint la torche. Deux yeux brillants nous fixent. Les deux garçons se taisent. Je m'agite et veux l'ouvrir. Tah-Tah Bakary met sa main sur ma bouche. La chose s'éloigne.

— C'était un sanglier, murmure Tah-Tah Bakary.

— Que font les sangliers ici ? demandé-je.

— Ce sont les gardiens de l'autre, me répondit-il.

— C'est qui, l'autre ?

— *Ouskoute !* m'ordonne-t-il pour le silence.

Mais je m'entête à élever la voix. Je sens un coup sec dans mon flanc. Un corps me projette dans le vide. J'essaie de m'accrocher à quelque chose. Mais je sens mon corps flotter. J'ai l'impression de voler. Le genre de sensation qui arrive lorsqu'on anticipe une chute et qu'on réalise qu'on n'en sortira pas debout. Je me retrouve sur les fesses, sur un sol jonché de cailloux et d'épines. Tah-Tah Bakary rallume la torche. La lumière éclaire le passage du sanglier que nous voyons s'enfuir après qu'un autre jeune a assené un franc coup sur son derrière poilu. Tah-Tah Bakary braque sa torche sur moi. Je me plains de douleur. Ma jambe droite a été égratignée par les épines. Il maintient le manche de la torche entre ses lèvres, enlève sa chemise, la passe autour de ma jambe et fait semblant de nouer un garrot.

— Arrête, tu vas davantage l'infecter, lui dis-je.

Il reprend la torche et la braque à nouveau sur moi :

— Donc tu n'as pas mal !

— Si, mais ta chemise est imbibée de sueur et de bactéries.

— Tu peux marcher ? demande-t-il en me prenant par la main pour me relever.

Je hoche la tête.

— Nous avons bien fait d'apporter la trousse médicale de Piqûre-Douce. Je te ferai des pansements tout à l'heure.

Nous ne perdons pas de temps. Nous ramassons du bois.

Au campement, Seydou est en train de servir le premier tour du thé. Dès qu'il aperçoit Tah-Tah Bakary, il se lève pour lui apporter sa part. Ce dernier m'amène à sa tente, fouille dans ses affaires, prend la trousse, nettoie les plaies, et me fait une grosse bande sur chaque jambe.

— Faire des pansements pour des égratignures. Vraiment, les Taboussi, *sapala peli* ! commente un imbécile aux oreilles larges, sous-entendant que je suis trop fragile.

— Je me demande comment il descendra dans la mare avec ça, réplique un autre en ricanant.

J'arrache les bandages, et m'éloigne. Tah-Tah Bakary essaie de me rattraper, mais mon réflexe épaule-bras est plus rapide. Je me retire de sa prise et pars m'asseoir près du feu. Des applaudissements surgissent spontanément. Un cercle se forme. Les anciens apprentis clercs entament leurs acrobaties et chant-poésie.

J'essaie d'oublier mes petites plaies, en rêvassant sur « l'autre », et son « gardien » qui m'a esquinté. Tous la nomment « l'autre » en public et « la mariée de la mare » en privé. Quelques superstitieux interdisent que l'on prononce son nom au matin, d'autres, que l'on mette en doute la véracité de son existence. Peut-être que j'ai été puni par le sanglier pour avoir enfreint la règle le premier jour où Mama m'en a parlé. Parce que ma grande bouche de Taboussi a clairement répondu ce jour-là que « l'autre » n'est qu'une simple légende visant à faire peur aux jeunes filles devant Mama qui essayait de me faire taire.

La légende raconte, il était une fois, qu'une fille devait se marier dans un autre village. Elle était belle, intelligente, courageuse, éclairée, spirituelle, éloquente mais très têtue. (Ce n'est pas moi qui le dis, c'est la légende du village.) Lorsqu'elle décidait de marcher sur le crâne chauve du chef, c'est tout le village qui allait se mettre à l'abri en attendant la fin des hostilités. Elle n'écoutait personne. Le genre de filles qui était capable de traverser une foule d'hommes, seins pointus et fesses rebondies en l'air, sans même cligner des yeux. *Diawaladé !* Tout le monde redoutait son mariage et son intégration dans sa nouvelle famille, tellement elle était dans sa chose-truc de têtue. Avant son départ, sa mère l'appela, la fit asseoir, et lui dit :

— Ma fille, tu t'en vas dans un autre village, une autre famille, avec d'autres comportements.

Ma fille, je t'en prie, faut changer un peu. Ma fille je t'en supplie, tu es une femme, une femme doit prendre sur elle comme un vieil âne qui a fait dix ans de service et qui, à force de charges, n'a plus besoin d'instructions. Écoute, *déh !* Tu verras, il y aura des gens qui vont mettre de l'argent sous les nattes pendant que tu fais le ménage, il ne faut pas toucher. Tu verras, il y aura des gens qui vont se ramener matin-midi-soir pour chercher du feu, il ne faut pas leur raconter ta vie. Tu verras, il y aura des beaux-frères et des belles-sœurs qui vont mal te parler, traite-les comme tu traites ton mari. Si ton mari te frappe, il ne faut pas crier. Nous toutes, nos maris nous frappent. Si ton mari dit qu'il va prendre une autre femme, il ne faut pas faire un scandale. Nous toutes, on a coépouse. Ma fille, il ne faut pas que mes beaux-parents viennent me dire ma fille fait ci, fait ça. Fais à cause de Dieu ! Tu vas m'humilier dans toute la contrée, et puis les gens vont dire : C'est la fille de *karsa* comme ça, même mariée, elle est toujours têtue. Écoute *dèh* ! Fais très attention le jour de ton mariage. Avant d'arriver chez ton mari, ne mange pas, ne défèque pas et n'urine pas. Ne fais perdre aucun temps à ton cortège. Il y a des mauvais esprits et des sorciers qui peuvent te faire du mal sur le chemin.

La jeune fille répondit oui, très sagement, contre toute attente. Sa mère, qui l'avait fait venir, était tombée à la renverse devant autant de docilité. Mais, une fois qu'elle fut seule, le naturel revint *voum* comme une fusée américaine. La fille marmonna :

— Je vais chier sur la route *pian*. On verra bien ce qui va se passer. Si c'est un lion qui va sortir de mon caca ou si c'est un crocodile qui va sortir de mon urine pour me croquer, on verra ça.

Sa belle-mère, qui l'entendit, l'appela et lui donna raison :

— Il faut chier ! Il faut chier *dèh* ma fille ! Il ne faut pas que tu arrives là-bas le ventre plein de caca, et puis ton mari va te toucher, tu vas péter et nous donner la honte.

Elle se rapprocha, et siffla :

— En plus, ce que ta mère ne te dit pas là, c'est que ton caca sera de l'or. Le caca de chaque mariée se transforme en or.

Deux jours plus tard, les gros mangeurs, les grands danseurs et les petits chanteurs vinrent célébrer le mariage. Ils firent la fête jusque tard dans la nuit. Puis, une escorte fut formée pour l'accompagner dans le village de son mari. Comme la coutume l'exigeait, les hommes la firent asseoir à leur tour pour la mettre en garde mais la jeune fille ruminait toujours son plan. Elle fut montée à cheval derrière un cavalier. Elle patienta jusqu'à la sortie complète du village. Ils arrivèrent au sommet de la colline. Elle arrêta le cortège pour des besoins. Certains tentèrent de l'en dissuader mais tout le village savait combien elle était têtue. Ce n'est pas faire caca sur la colline qui allait l'arrêter. Elle prit ses chaussures vite-vite, alla se cacher dans la broussaille et chia *fouann*. Elle se figea et devint une statue en pierre. Les gens de son escorte se mirent à sa recherche, finirent par la retrouver et se figèrent à leur tour. Et ce sont ces pierres de forme humaine qui étaient sur la colline, et qu'on appelait « l'autre », ou « la mariée de la mare ».

C'est le jour J de la pêche. Nous nous sommes levés dès l'aube. Les grands de Mafia City nous ont prévenus : « Les gardiens de la mare viennent très tôt pour les sacrifices. Si la fin des sacrifices te trouve en train de dormir, tu retournes bredouille au village. » Ceux qui n'ont pas fermé l'œil de la nuit nous ont réveillés dès que les moutons de sacrifice ont commencé à bêler, tirés par les sacrificateurs. Ce matin, nul ne doit poser un pied dans la mare avant son chef, au risque de le fâcher et qu'il transforme les poissons en poissons-grenouilles, en poissons-serpents ou en hommes-crocodiles. *Samprain !* Je vois leur chef. Il ressemble à une citrouille humaine, les yeux très-très rouges et les lèvres très-très noires. Le genre qui peut zigouiller les mouches rien qu'avec son crachat. Il entre dans la mare et redresse les coutumes. (Parce qu'elles tombent entre deux pêches.) Le sang des bêtes immolées teinte une partie de l'eau.

Il ressort. Le signal est donné. La population humaine excède celle des poissons. L'eau qui était calme, quelques secondes auparavant, devient boueuse à crépir une case. Quelques femmes rôdent autour de la mare, intimidées par la nudité des hommes. Par moments, elles s'autorisent des recherches aux abords ; sans jamais risquer le corps-à-corps. Car la bataille est rude. Les corps se touchent boueux, se frottent chaleureux, et se cognent énergiques. Habillés de leurs vêtements délavés et défibrés par les laveuses musclées des puits, les impudiques exhibent leur corps. Corps en tout genre : il y a du corps gras, du corps maigre, du corps grand, et du corps petit. Il y avait du corps clair, du corps foncé, du corps albinos et du corps métissé.

Le corps gras donne ses bourrelets à la boue qui les remplit, tandis que le corps maigre se laisse dessiner les contours par la boue tels les traits ressortis par le make-up. Le corps grand est *pintré* jusqu'à la taille, à la manière d'un tronc d'arbre piégé dans une rivière ; tandis que le corps petit disparaît entièrement dans la boue, laissant de temps à autre paraître un crâne par-ci et une bouche par-là, afin de ne pas être pêché avec les poissons. Les nuances de corps, quant à elles, viennent jouer avec la boue pour se moquer des pigments. Le corps clair aime la boue et découvre une nuance de cadavres déterrés. Le corps foncé, brûlé avec les canaris par les potières des saisons, donne une nuance mi-noisette mi-bouse inaffirmable par la boue. Le corps albinos qui a le courage d'affronter la boue perd ses taches noires et ses poils jaunes le temps d'une journée. Le corps métissé frappe la boue comme on frappe un frère. Entre le métis et la boue, il faut trancher un dilemme œuf-poule. Le jeu des nuances s'ajoute au jeu des muscles et des touches à volonté. Car il y a du muscle qui se contracte, des pectoraux qui dansent, et des biceps qui gonflent. Les mains touchent les fesses à la recherche du poisson. Les fesses se bousculent en plantant les paniers. Les uns voient presque la nudité des autres. Mais nul ne prête attention à l'autre, tant les règles morales n'ont plus leur place.

Les meilleurs pêcheurs se grouillent au centre de la mare, la plus profonde, la zone la plus poissonneuse. Ils les soulèvent par deux, trois, jusqu'à dix ; un coup de bâton sur la tête et ils les glissent dans leur sac attaché à la taille. Seydou s'y engouffre, au risque de se faire piétiner, et de se noyer. Il fait toujours ça. Il ne vaut pas un bon « griller-manger » mais c'est toujours lui qui se fourre dans des histoires de friture. L'eau lui arrive aux épaules. Il recule, devient raisonnable et s'écarte légèrement du milieu ; se mélangeant aux adultes les plus maladroits. Il vaut mieux être le premier des derniers, plutôt que le dernier des premiers. Après une demi-heure de tourmente, il se saisit de sa première prise, la soulève en l'air. Il crie la joie du silure. Un aigri, plus âgé, aux recherches infructueuses, tente de faire tomber la prise. Il ne veut pas qu'un jeune en initiation puisse avoir prise avant lui. Mais Tah-Tah Bakary, qui observe le manège, s'approche, et aide Seydou à étourdir le poisson. Pendant ce temps, deux *Nationalités* pataugent comme des déments dans la boue au lieu de pécher.

J'essaie de planter mon panier sur un mouvement suspect, lorsque je sens un corps me frôler les pieds. Je sursaute. Le monsieur à côté se moque, et me demande si je suis l'un de ces Taboussi venu se distraire. Je ne lui réponds pas et continue mes recherches, à ma façon.

Après des heures, sinon la matinée entière, j'attrape trois petits silures que je confie à Tah-Tah Bakary. Il me félicite. Je suis l'un des rares jeunes à lui avoir apporté des prises à cette heure-là. Les autres continuent leur corps-à-corps jusque vers la troisième prière. *Saziké !* Ils n'ont même pas de pause. La mare commence à se vider lorsque le centre devient calme. Les meilleurs ont suffisamment de prises. Seuls les corps des poissons et grenouilles piétinés et écrasés flottent avec les algues, entre les corps fatigués des malchanceux qui ne veulent pas rentrer bredouilles. « On les avait prévenus. Ils étaient au lit pendant les sacrifices. La prochaine fois, ils feront moins les paresseux », murmurent des voix.

La pêche terminée, nous retournons au village où nous sommes accueillis en héros. Nous avons récolté au total quatorze grosses carpes, vingt-sept gros silures et deux cent soixante-trois variétés. Cela nous fait treize grosses prises de plus que le groupe de l'année précédente. La mère de Seydou, à l'aile volante comme un avion qui se crashe au sol, est très fière. Seydou a rapporté quarante-sept poissons à lui seul. Quant à moi, j'en ai rapporté douze. C'est déjà pas mal.

Saziké, j'ai assez parlé pour aujourd'hui. Mon sac à paroles est vide. Je suis fatigué ! Je me tais !

J'ai passé la journée à déambuler comme une vache enceinte dans le village. Traînant mon ventre graisseux dans les ruelles sans but ni objectif. Il y a un passage par-ci, je tourne là-bas. Il y a une impasse à droite, je vais quand même fouiner pour essayer de la contourner. Marcher longtemps dans le village, croiser ces vieux et vieilles tremblotant et crachotant des fibres de cola, puis courir le long de la rivière avec mon cerf-volant. J'avale rapidement du couscous aux feuilles de patates. Mama semble complètement désintéressée de moi. Elle carde son coton dans un silence absolu. Elle doit être fâchée ! Mais pourquoi ? Qui lui a fait quoi ? Ce n'est même pas mon problème.

Je rejoins Seydou dans leur QG. Là au moins, je n'entendrai pas ses cris. Sur moi ou sur n'importe quel autre humain qui aurait le malheur de marcher sur ses boules de coton. Et puis, Seydou est joyeux. Il joue aux cartes avec ses gars. Une torche est allumée au milieu de la table qui sert de support. Je les salue. Je connais tous les éléments de la classe d'âges ou presque. Je m'installe sur le rebord de la terrasse. On me propose la seule chaise du lieu. Je profite de mon privilège, et observe le jeu. Ils ont des cartes, avec des filles dans des positions explicitement érotiques. Donc des cartes pas très *halal*, qu'ils ont sûrement achetées sur le marché noir du boutiquier, à l'insu des parents. Ça ne me regarde pas de toute façon ! J'écoute la conversation. Ils discutent de leurs amies « perdues ». Je ne capte pas tout. Mais je pense avoir déjà entendu l'histoire. Ça doit être Seydou qui a baragouiné deux ou trois mots là-dessus, l'affaire dans laquelle leurs rivaux ont acheté une nouvelle radio et une nouvelle batterie. Et puis, leurs amies ont vu ça, seulement elles ont ouvert leurs yeux grandement. Les rivaux ont lavé leurs yeux. Pourtant, Seydou et ses gars étaient très proches de leurs amies. Et même qu'une d'entre elles s'est mariée l'année passée. Ça a été la plus dure épreuve pour eux. Ils s'étaient cotisés pour lui offrir un cadeau de mariage. Mais le père de la fille les avait chassés. Pour lui, il était hors de question qu'ils entrent dans la maison. Pourtant, ils voulaient voir leur amie avant que le cheval ne l'emporte chez son mari. Mais le vieux posa son bâton à l'entrée : « Si quelqu'un se sent être un garçon, il n'a qu'à franchir cette porte. » Son petit ami Wakary supplia, les larmes aux yeux, pour la voir. Mais nul parmi les adultes n'entendit sa voix. « Quatorze ans, il n'a que quatorze ans, ça lui passera cette histoire », dirent les femmes présentes. Pourtant, ils ne lâchèrent pas l'affaire. Ils partirent voir la mère de la fille pour qu'elle vienne intercéder en leur faveur. « L'amour est dans la pierre, l'amour est dans l'eau, l'amour est dans le vent, l'amour est dans le bois. Qu'il habite un jeune ou un vieux, l'amour ne s'oublie pas », avaient-ils scandé. La mère joua les avocats, mais le père ne voulut rien entendre. Pour lui : « L'amour de jeunesse est un éphémère cri lorsqu'il émane de la bouche d'un adolescent ; l'amour de jeunesse est un caprice lorsqu'il coule des yeux d'un innocent ; donc il faut l'ignorer, et l'éloigner. » « Le temps effacera la douleur », avait-il rajouté. Wakary lui-même semble avoir pris du recul avec tout ça, d'après sa façon de distribuer les cartes, et d'achever lentement son récit. Un autre commence à parler de la coupe de bois pour la mère de son amie : « Marcher jusqu'à la terre des jujubes, grimper sur la colline et couper le bois le plus sec et le plus inflammable du village, et finalement être plaqué de la sorte, c'est injuste. Mais que faire ? L'argent ne parle pas et puis quelqu'un va parler encore. Les filles ont déjà choisi leur camp. » La discussion suit son cours. Le plus jeune de tous, Niakalé Baba, ayant deux jours de moins qu'Oumar le court par ordre de naissance, passe son tour de jeu. Seydou lui ordonne de surveiller le thé. Et moi ? Le Taboussi privilégié, plus jeune que Niakalé Baba de deux ans, joue au spectateur.

De loin, une forte musique, *Frissons d'amour* d'Oumou Sangaré, vient nous titiller. Les joueurs font un arrêt le temps d'en vérifier la provenance. Des lumières de torches apparaissent. L'on comprend vite qu'il s'agit de Mafia City. C'est l'instant de parade avec la radio. Seydou, par un geste ferme de la main, ordonne à ses éléments de ne pas se laisser distraire. « Faites asseoir vos esprits », dit-il. Ils reprennent leur jeu de cartes. Mafia City et les filles marchent vers la rue du boulanger en direction du secteur des millions. La musique disparaît. Une dizaine de minutes plus tard, l'écho revient. Cette fois, R. Kelly et son *Burn it up* attaquent nos tympans. La musique est certes douce, mais quand elle ne nous invite pas, elle nous agresse. Les éléments de Mafia City et les filles repassent devant le QG des Seydou. Ce dernier encourage de nouveau les autres à faire semblant de ne rien voir et ne rien entendre. Ils continuent leur jeu avec un semblant de sérénité. Mafia City et les filles passent ainsi près d'une demi-heure à défiler entre la maison de Jeune Boy et la rue du boulanger, radio *Waraba* sur l'épaule d'un porteur et la batterie sur la tête d'un autre. Alors même qu'elle fonctionne à piles, puisque la batterie ne l'alimente pas. Mais tout doit être fait pour narguer Jeune Boy. Tous les répertoires y passent. Ils mettent du 50 Cent, mixent du Akon, du Djeneba Seck et du Lassana Hawa. Fatigués d'attaquer sans répliques, Mafia City et les filles arrivent au niveau de l'Agora et s'arrêtent. On les imagine en train de comploter à propos de Jeune Boy. Mais étrangement, ils se dispersent. L'on pense alors que les éléments de Mafia City vont finalement à leur QG du secteur des millions, et que le groupe de filles qui habite le quartier des fromagers rentre aussi. Alors l'heure de la vengeance a sonné. Les filles, dépossédées des gardes, rasent les murs. Bien alignées, têtes baissées, et à bonne distance du QG de Jeune Boy. Mais on ne peut éviter l'inévitable. Seydou et les autres camarades se mettent à faire des pets de la bouche, et à ricaner inutilement *Kwa kwa*, oubliant le jeu de cartes. Les rires sont tellement forts qu'ils prononcent les noms secrets des cibles : tomate, aubergine, pintade, dromadaire, poule grippée. Une des filles ose la parole :

— Ayez de la retenue !

— Nous ne vous avons pas nommé, répond Seydou.

— *Diakhaseri ! Ayiwa !* Nous allons de ce pas nous plaindre.

— Allez chez le commandant si vous le voulez !

Les filles opèrent un demi-tour et marchent vers le secteur des millions. Victoire à consommer, le premier tour du thé est servi. Quatre personnes arrivent au QG. Elles réclament leur part de thé. Seydou leur demande de patienter pour le deuxième tour. Il n'en reste plus. Les discussions reprennent, à en oublier l'incident. Soudain, les éléments de Mafia City ressurgissent. « Ah le coup monté ! », s'écrie Seydou. « Que personne ne bouge », rajoute-t-il. Les éléments de Mafia City arrivent devant le QG, armés de bâtons. Leur chef apostrophe Seydou :

— Petit ! Pourquoi cherchez-vous le conflit avec nos amies ?

Seydou, qui n'attendait que cela, jette ses cartes sur le banc, sursaute et vient se poser au milieu, poitrine gonflée :

— Nous n'avons cherché le conflit avec personne. Mais si vous cherchez la bagarre, vous l'aurez !

— Petit, tu as pris du vent *hin* ! Est-ce à moi que tu parles de la sorte ? répond le chef de Mafia City.

Les autres éléments de Jeune Boy se lèvent à leur tour. On ne vient pas provoquer des gens à leur QG sans représailles. J'essaie de ramasser les cartes jetées par les uns et les autres lorsque les coups de poing se distribuent. Je me baisse pour les esquiver. *Bamanan bolokourou doyin* dans mon dos. Je suis pacifiste depuis mon arrivée au village, mais il ne faut pas me chercher non plus. Je me retourne vers le coupable, et le gifle tellement fort qu'il tombe à la renverse. Trois personnes se dirigent vers Seydou. Il se débat. Repli stratégique. Il rentre dans le QG et en ressort avec une bouteille. *Pisshhh*... dans les yeux des adversaires. Il a du gaz ! *Saziké !* Les éléments de Mafia City détalent comme des lapins. Les adultes arrivent et demandent des comptes. Seydou cache la bouteille dans sa poche arrière. Les filles bégaient sous la honte de la fuite de leurs amis, et ne peuvent rien dire. Si Jeune Boy avait été un groupe de lions, elles seraient en instance de dévoration. Les adultes mettent un terme à la bagarre. Ils veillent à ce que les filles rentrent sans être importunées. Mais moi, une chose m'intrigue. L'odeur du gaz. Elle est étrangement douce, avec des arômes d'orange. Je demande à Seydou, pour chasser mes doutes : « *Saziké, Djo*, tu avais vraiment du gaz ? » Seydou entre sa main dans sa poche, et montre une bouteille de parfum. Nous éclatons de rire. Le salaud ! Il a bien réussi son coup. (Incident revendiqué par les belles-mères des jeunes de Mafia City.)

IV

Le soleil est à genoux dans le ciel. Sa tête s'incline vers l'ouest. Et moi, je joue aux billes sur la place publique, accroupi tel une grenouille, la poussière sur les paumes. J'entends « Hamet ». C'est mon nom, et quand on entend son nom comme ça, il faut tendre l'oreille. J'arrête un instant et je relève la tête. C'est un groupe de femmes. Il y a une femme parmi elles dont le visage m'est familier. « *Abe di ? So mogow ka kènè ?* », enchaîne-t-elle en bambara, pour me demander des nouvelles de mes parents. Elle a le teint banane-mûre et le visage fin comme un masque dogon ; ça me revient, c'est ma cousine Kani. Elle a déjà séjourné dans notre maison. Je sais déjà qu'on va y passer une heure. Je n'ai pas envie d'être dérangé dans le jeu. Elle trouve le moyen de me faire parler. Nous parlons des émissions documentaires sur TV5-Monde et des télénovelas (doublées en français) que je traduisais, pour elle et tous ceux qui ne comprenaient pas le français (interprète de conférence, il faut le dire). Pendant que nous parlons ce bambara fluide et spontané mélangé à des sons latino à la prononciation exotique, les autres restent à nous contempler comme des comédiens d'un spectacle improvisé. À nous entendre parler de Ricardo, Rodrigo, Juliana et Margarita, on dirait que nous avons vécu toute notre vie à Rio de Janeiro, et que ces nommés étaient nos voisins. Un de mes camarades de jeux s'impatiente et veut passer mon tour de jeu. Kani le rappelle à l'ordre : « C'est mon petit frère ! Attention ! » Traduction : « Si tu le touches, je t'arrache la peau des fesses sans anesthésie. » Le garçon se range. « Tu diras mon bonjour à ta grand-mère », finit-elle avant de prendre congé des autres femmes et de s'éloigner vers le secteur des millions. Je reprends le jeu. Le groupe reste à flemmarder, jacassant bruyamment en soninké. Je me concentre et lance ma bille. Une autre femme les rejoint. Des courbettes et youpi tralala, soudain j'entends :

— Au fait, qui est-ce ?

— Qui ?

— Suis mon regard ! Le ciel est tout noir.

— Ah ! Celui-là ! C'est le petit-fils de la tortue. Celle qui... Tu vois ! Tu sais ! Celle qui habite avec le troupeau de vaches.

— Donc, c'est son petit-fils qui est devenu une chauve-souris pareille ?

— Tous les rejetons du caïman ne demeurent pas caïmans : certains deviennent des varans.

— En tout cas ! Il n'y a point de surprise pour le caïman qui a fui sa famille.

La tête baissée, je ne vois qu'un bout de pagne, en dessous duquel une paire de claquettes foule le sol. Sale rapporteuse de potins ! Journaliste non payée ! Mais si elle croit que je n'ai pas décodé ses mots, elle a menti. *Walaye bilaye,* elle est tombée du dos de sa mère. Je comprends le soninké, le bambara, et le français. Je connais aussi la langue du commérage. Ça là, je ne peux pas laisser comme ça. Il faut que j'aille voir Mama. J'abandonne précipitamment la partie de billes et cours vers notre maison. Sous le soleil brûlant de l'après-midi, je passe en courant devant la boulangerie, longe la rue du chef, et m'engouffre dans la rue des lions, avant de me cogner le pied contre le squelette de la moto Ténéré en traversant le vestibule. Mama est en train de dormir dans la véranda. Je la réveille brusquement :

— Mama ! Mama ! Il y a des gens dans le village qui disent que N'pa a fui sa famille.

Mama sursaute, la bave coulant à l'oreille, s'essuie d'un geste :

— *Soub hanalaye !* Qui t'a raconté ça ? Où l'as-tu entendu ? Dis-moi le nom de la personne.

Elle me tient par les épaules et me secoue violemment comme si mon corps devait expulser le nom du coupable par la bouche. Elle insiste. On a dit secouer les gens, mais on n'a pas dit comme ça. Je suis tétanisé, complètement confus. C'est moi qui suis venu rapporter, et c'est moi qu'on morigène. Je lance mes bras en arrière. Ses mains glissent sur mes épaules. Elle se rend compte de sa violence. Je m'agenouille. Elle me regarde froidement :

— Qui t'a appris à être aussi rapporteur ?

— Donc, c'est vrai !

— Tais-toi !

— Si tu ne veux pas me dire, je vais appeler M'ma.

Je sors mon téléphone. Mama se met en colère. Elle m'empoigne le bras comme si elle voulait me le déboîter. Mon bras ne m'appartient plus. C'est moi qui lui appartiens, et c'est Mama qu'il suit. *Walaye bilaye !* Si elle n'était pas ma mamie, elle ne pourrait pas m'attraper de la sorte. Mais c'est ma double Ma, donc je laisse passer. Elle m'amène dans l'avant-toilette, me fait asseoir sur le lit de bambou, lève la cale de la porte qu'elle referme dans la seconde. Bon ! Qu'est-ce qu'on fait maintenant ? Je baisse le regard. Adossée à la porte, elle grommelle :

— Tu ne vas rien dire à personne ! Tu m'entends ? Donne-moi le téléphone !

— Qu'est ce qui se passe Mama ?

— Donne-moi le téléphone, dépêche-toi ! Enfant mal élevé !

Je n'ai pas le choix. Je dois obéir. Je lui remets le téléphone. Mama s'écarte de la porte de l'avant-toilette. Cacher ma colère. Si je laisse paraître quoi que ce soit, sa fureur risque de se décupler. Je suis comme une feuille sèche dans l'air. Je tangue jusque sur la place publique. Je récupère mes billes, devant le regard incompris des camarades, et m'enfonce dans les rues en direction des vergers.

L'eau de la rivière blanche ne danse plus. Elle secoue timidement ses vagues rougies par la terre. La blanche est devenue rouge. Le soleil deviendra peut-être vert d'ici son coucher. Je mouille mes pieds dans l'eau. Un groupe de femmes tente de traverser la rivière à pied. Elles remontent leur pagne au-dessus du genou, et prennent leurs chaussures dans la main. Chacune marche sur la pointe des pieds. On dirait des Bamakoises à talons hauts qui esquivent les eaux stagnantes.

J'aime beaucoup Mama, très-très fort d'ailleurs. Mais elle n'est pas vraiment au clair avec moi. Alors là, sans compter les étoiles pour connaître leur nombre exact je peux déclarer universellement qu'elle ne l'a même jamais été. Elle avait peut-être réussi à m'éviter le pensionnat coranique de Touba. Mais elle avait aussi contribué à mon expédition au village. Le genre de personne qui est à la fois avec les enterreurs du cadavre et avec les déterreurs du cadavre. Je me rappelle très bien la discussion qu'elle eut au téléphone avec M'ma. J'étais là. J'ai tout entendu. Enfin, j'ai entendu ce que disait M'ma, tenaillée entre son mari N'pa et sa belle-mère Mama. Elle me défendit. Elle expliqua que ce qu'on racontait à mon sujet n'était pas vrai. Je n'étais devenu ni un petit délinquant, ni un mécréant, ni même un Taboussi déraciné qui ne comprenait plus un mot de la langue de ses parents. J'étais simplement un garçon zélé qui aimait montrer qu'il parlait d'autres langues et apprenait les sorcelleries (sciences) des Blancs. Puis, elle avait longuement écouté Mama avant de répondre, les yeux nimbés de larmes, qu'elle n'allait plus jamais se mêler de quoi que ce soit, que je leurs appartenais et qu'ils (N'pa et Mama) avaient droit de vie et de mort sur moi. Ils pouvaient faire comme bon leur semble. Elle ne s'y opposerait pas. Et comme par hasard, deux-trois jours plus tard, l'ami transporteur de N'pa, épaules larges et sourire banania, me réservait un aller sans retour pour Fabanka dans son camion aux sièges en cuir lobotomisés. Ça ne pouvait pas être une simple coïncidence.

Je marche jusqu'au vieux cimetière. C'est trop pour une promenade. Je rebrousse chemin, et dévie vers le quartier des acacias, avant de regagner à nouveau la maison et de bouder.

Il était hors de question, aujourd'hui, que j'aille aux champs. Demba n'a rien pu me faire. Dispense de travaux agrestes pour raison de santé. Malgré la suspicion d'une fraude, je lui ai tenu tête. En même temps, il ne peut pas dire que ça ne lui fait pas un bagage en moins dans sa charrette.

Mama tente en vain de me motiver. Je fais mon difficile. Qui ne boude pas n'a rien. Elle revient me sortir des draps pour que je l'accompagne chez le *Mala*, le boucher du village. Bouillie aux grumeaux de mil engloutie en quelques bouchées. Douche rapide sans *djampé*. Je suis Mama sur la place publique.

Les événements d'hier ont encore leur empreinte dans ma tête. La voix de la femme résonne tout comme les mots de Mama. J'ai l'impression de promener une montagne sur la tête. Mama semble plus légère, et sereine. Elle a placé une longue tige de *siwak* entre ses dents, et marche *cocote-cocote* comme une directrice commerciale. Je la suis difficilement, me demandant si c'est l'expérience et les années qui ont allégé le poids qu'elle porte ou si elle s'en est libérée en me le transférant. Elle se dandine allègrement balançant le panier, et ruminant des airs de musique, tout en se brossant les dents.

Nous voilà chez le boucher qui s'est installé devant la boulangerie faisant face à la place du tambour-des-fêtes, étal haut, hache et couteau en action. Mama siffle les débris de son *siwak* et le range dans son panier.

— Avez-vous bien dormi dans la nuit ? s'adresse-t-elle au groupe de femmes qui nous précède.

— Oui, par la grâce d'Allah, répond le monde.

Une voix demande mon identité et Mama la décline :

— Je vous présente mon petit mari, le fils aîné de Kaba. Il est venu nous rendre visite.

Une dame qui a déjà son tas de viande, Foulard-Vert-Forêt-Neuve, me salue. Les deux autres, Foulard-Maïs et Foulard-Piment, qui n'ont pas reçu leurs commandes, montrent plus d'attention à la quantité d'os dans la chair de bœuf à découper que dans mon corps à admirer. Foulard-Piment surveille la coupe du boucher en se plaignant de la quantité d'os que ce dernier veut lui refourguer au kilo. Le boucher soulève le tas, jure ne lui mettre que de la chair, et emballe le tout dans le *ciment-papier*. Mama dépose son panier à ses pieds, et fait la queue. Je reste à ses côtés.

— Bienvenue au village, notre petit mari, j'espère que tu ne fais pas partie de ceux qui refusent de boire l'eau de nos puits ? demande Foulard-Piment, qui semble avoir convaincu le boucher de garder les os pour les autres.

Mama, posant sa main sur mon épaule et me caressant la tête, dit :

— Mon petit mari est parfaitement intégré. Il n'est pas difficile comme garçon. D'ailleurs, il mange des plats que même des jeunes du village refusent.

— *Mansh'allah*, tu es tranquille, *N'khana*. Moi, j'ai mes *Nationalités*, pour lesquels je dois acheter de l'eau en bouteille à Kayes. Leurs parents ont peur qu'ils tombent malades en buvant l'eau du village. Tu entends ça ? Alors que les mêmes ont bu du *hankhou* non distillé ici, s'indigne Foulard-Vert-Forêt-Neuve, complètement outrée.

— Leurs parents les ont trop gâtés, *walaye*, rapplique Foulard-Maïs, faisant une grimace de répulsion.

Cette voix-là me dit quelque chose. Je la dévisage. Elle me voit. Je détourne le regard. Foulard-Vert-Forêt-Neuve et Foulard-Piment demandent des nouvelles de mes parents. Mama répond :

— Ils n'ont aucune peine. La grâce règne dans leur foyer !

Foulard-Vert-Forêt-Neuve place son doigt sous le pli de la coiffure pour se gratter :

— N'est-ce pas chez notre frère que Kani était *descendu* ?

— *Mokho siri !* répond Mama qui s'impatiente de voir le boucher entamer un nouveau gigot.

— D'ailleurs comment va Kani ? dit Foulard-Vert-Forêt-Neuve. (Elle se retourne vers Foulard-Maïs.)

— Kani va très bien. Hier, tout près, nous sommes allées lui rendre visite. Elle nous a raccompagnées jusqu'ici même.

La même place publique où j'ai saigné des oreilles à cause d'elle. La voix, c'était elle ! Le commérage, c'était elle ! La méchanceté, c'était elle ! La journaliste non payée, c'était elle ! C'est elle qui a parlé après le départ de Kani. C'est elle qui a expliqué aux autres que j'étais le petit-fils de la tortue qui habite avec le troupeau de vaches. Je ne comprends pas pourquoi elle fait semblant de ne pas me reconnaître devant Mama, à redemander mon identité alors qu'elle me connaît très bien. Mama doit savoir. J'essaie de lui faire signe mais elle ne parle ni le français ni le bambara pour que je dise des choses sous le silence de l'incompréhension des autres. Alors je prends mon courage à deux mains, et demande le prix de la viande à Mama en soninké, comme ça, comme un jeune curieux. Voyons voir ! *Samprain !* Les traits du visage de Foulard-Maïs changent. Une ombre de tristesse s'y dessine. Je sens la honte l'envahir. Ça monte ! Et ça explose ! *Bim* ! Elle prend les devants :

— *Keta wa soninkan'khané moukou ?* Parle-t-il le soninké ?

— *Mokho siri*, bien sûr, répond Mama, son père est assez strict sur ce sujet.

L'imaginant faire toutes les prières de son cœur afin que j'oublie sa gaffe, je prends un malin plaisir à la dévisager. Elle fuit mon regard, et lève les yeux au ciel. Elle n'a rien vu encore. La peur a changé de camp. Pendant ce temps, le boucher découpe une grosse tranche pour Mama, qu'il enveloppe dans le *ciment-papier*.

— Aurais-tu gardé tous les os pour moi ? s'offusque Mama, voyant la quantité d'os.

Le boucher ne répond pas. Il rouvre le paquet, et ajoute une grosse portion de chair :

— Pour mon rival qui vient d'arriver dans le village. Il faut qu'il mange bien s'il espère me battre au combat.

Mama sourit et pose sa main sur mon épaule, en se baissant à ma hauteur :

— Mon petit mari, tu entends ? Le vieux garçon te défie, il faudra te défendre. Sinon, je m'enfuis avec lui.

Les dames aux foulards se mettent à rire. Je souris, mais ne réponds pas. M'ma m'a prévenu à ce sujet, consigne très importante : « Ne réponds jamais en public à un adulte, même si c'est pour plaisanter. Les sorciers aiment manger les enfants qui parlent en public. » Mama range la viande dans son panier. Je veux l'aider mais elle bouscule ma main. Foulard-Maïs, Foulard-Piment et Foulard-Vert-Forêt-Neuve disent qu'elles restent pour attendre l'arrivée de la vendeuse de légumes qui aurait pris du retard. Mama leur dit qu'elle est venue seulement pour la viande. Elle me prend par la main. Je la suis. Si Foulard-Maïs se pense tirée d'affaire, elle a menti. Le sorcier oublie, mais celle dont il a croqué l'enfant n'oublie jamais. En périmètre de sécurité, ma langue se délie. Je murmure à Mama que la femme au foulard couleur maïs est la coupable qu'elle recherche. C'est elle qui parlait sur nous hier. Mama jette le panier à terre, se retourne brusquement et bondit vers le groupe. Je redresse de justesse le panier. La viande n'est pas tombée à terre. Je cours pour rattraper Mama. Foulard-Maïs comprend la tournure des événements. Ses lèvres commencent à trembler et elle essaie de se protéger la tête. Mama déclenche les hostilités. Foulard-Vert-Forêt-Neuve tente de disqualifier mes propos d'enfant adulte sensée ne devrait pas se fier. Foulard-Piment appelle à la retenue. Foulard-Maïs essaie de nier. Trop tard ! Le crachat de Mama lave son visage :

— *Tou moroooo*, c'est toi qui dis des insanités sur la progéniture de ton oncle, jamais moi, Hata, je ne dirais pareille chose sur toi et tes frères.

Foulard-Maïs se met à sangloter, comme quelqu'un qu'on a agressé pour rien. Mama se retourne vers moi, m'arrache le panier, et prend furieusement le chemin de la maison. Le temps s'arrête sur la place publique. Tous les regards se dirigent sur moi. L'enfant rapporteur qui sème la discorde entre les adultes. J'ai peut-être parlé trop vite. Il aurait fallu attendre d'être à la maison. Foulard-Maïs s'essuie le visage. Foulard-Vert-Forêt-Neuve et Foulard-Piment murmurent des choses, me regardant avec dédain. Je me sens en danger. Je marche à reculons et cours derrière Mama qui a disparu dans la rue du chef.

On ne laisse pas des opportunités courir et nous dépasser. Il faut les attraper *koli-koli*. Je me suis trouvé une raison de me dispenser de travaux agrestes pour toujours. Terre du henné pour le maïs, terre des jujubes pour le sorgho ou terre des vierges pour la canne à sucre, je ne vais nulle part. Je dis que j'ai peur. Mama dit que l'incident a été traumatisant pour moi.

Demba est fou. Il est venu me chercher. Mama lui a répondu que je suis encore malade. Alors que le même Demba me voit sauter dans la cour la nuit venue. Ensuite, il a envoyé les cousins à sa place, lui-même lassé de se confronter à Mama. Maintenant, à cause de ces nombreuses tentatives échouées, il m'a rayé de sa liste des travailleurs. J'ai enfin la paix. Disons que Demba me laisse tranquille. Mais les gens du village ne me laissent pas tranquille. Tout le monde a vu ce qui s'est passé, et bien sûr, la nouvelle s'est répandue. Si j'en crois mes calculs, la moitié du village est au courant. Une telle aurait vu et rapporté les détails à sa voisine, qui les aurait expliqués à son mari. Ce dernier étant l'ami du forgeron dont l'atelier est à l'entrée du village, le maître du marteau et de l'enclume, doit avoir déjà soufflé l'histoire dans le vent. Et puis, le récit aurait été déformé à volonté avec des versions du genre : « Hamet, le fils de Kaba venu en vacances, aurait rapporté à sa grand-mère que Mme Unetelle et Mme Celle-ci auraient comploté sur la mort de la co-épouse de Mme Qu'on-Connaît, sa tante. La grand-mère furieuse aurait craché sur le visage de Mme Unetelle chez le boucher » ; ou façon-façon : « Hamet, l'enfant que Kaba a eu avec une Blanche, qui est venu vivre au village, aurait rapporté à sa grand-mère que Mme Unetelle aurait insulté ses parents. La grand-mère serait partie chercher les deux dames chez le boucher pour taper leur devant et leur derrière » ; ou encore mieux : « Le garçon-Sans-Nom, un Taboussi venu de Bamako, aurait surpris Mme Unetelle, sa tante, avec M. Untel, l'ami de son oncle, et l'aurait rapporté à sa grand-mère qui serait partie cracher sur la figure de sa belle-fille devant tout le village en la traitant de briseuse d'amitiés. » Tous des gens que j'imagine compléter le vide avec du mensonge, comme un cercle autour de moi, toutes les mains qui me désignent, et les bouches qui me traitent de fils de Kaba disent leur mensonge, et qui ricanent ensuite, moi seul au milieu de la foule, en train de chercher une échappatoire.

Matin de bonne heure, Mama prie à voix haute. Je n'ai pas encore le courage de me lever. Couché sur le lit de bambou, je tente une dernière méditation. Elle donne le *Salam* de fin de prière, me touche le pied pour que j'aille me laver. Mama m'envoie, toiletté et habillé, acheter du pain chez le boulanger. Je chausse rapidement mes méduses et prends mon bâton-de-samba. Sur le chemin, je croise un charretier porteur d'eau qui me fixe du regard. Pensant à un de ces nombreux bagarreurs professionnels dont j'ai malencontreusement su l'existence, j'esquive et trace ma route.

— Mon petit esclave, sautes-tu aussi bien que les chèvres ?

Je ne réponds pas. Il descend de sa charrette et vient me tirer l'oreille (il est plus âgé) :

— Salaud, c'est à toi que je parle.

— Laisse-moi tranquille, je ne te connais pas.

— Oh, mais, tu ne me reconnais pas ? Je suis Mamedy, le fils de ton Kaou. Les Taboussi quoi, ce n'est pas la peine.

Il secoue la tête.

— Quel Kaou ?

— Quel Kaou ! Quel Kaou ! Tu as combien de Kaou au monde ? Tête de nœuds.

Ohé, on se calme. Tu es plus âgé certes, mais ça ne donne pas le droit de t'asseoir sur ma tête. Je serre fort les poings. Si je me bagarre, je risque de perdre les jetons de Mama. Mais il arrive à détendre l'atmosphère et propose de me déposer à la boulangerie moderne. Si j'ai vu le front de cette histoire, je verrai bien le nez. Je grimpe dans la charrette. On se dirige vers le secteur des millions. Il disait vrai. Le comptoir du boulanger est rempli avec du bon pain croustillant. J'achète une baguette moderne. Ça fait deux cents francs CFA. Exactement le prix de quatre baguettes traditionnelles. Mamedy ne s'arrête pas là. Il m'amène dans leur maison. Qu'est-ce que je vois ? Des enfants qui jouent et dont les visages ressemblent au mien comme des pots de miel d'une même extraction. Les mêmes traits que M'ma : le même gros nez épaté, la même teinte foncée boue fertile. Une dame sort de la cuisine située à l'entrée :

— Comme ça, on évite la maison de ses Kaou ? Presqu'un mois que tu es dans le village, tu ne penses même pas à venir poser ton pied chez nous ?

Je souris, ne sachant quoi répondre. Mamedy dirige sa charrette vers le mur d'une avant-toilette. La dame lui ordonne :

— Va servir ta grand-mère d'abord !

Je reste médusé comme une statue.

— Si tu ne viens pas balayer la cour de tes Kaou, ils ne te donneront pas de femmes, me dit-elle.

Je rigole faussement, entraîné par M'ma. Lorsqu'on ne sait pas quoi répondre à une plaisanterie, on utilise ses dents pour rire. Elles sont faites pour ça.

— Il ne t'a sûrement pas reconnue ! clame une deuxième dame.

— Comment peut-il m'avoir oubliée ? J'étais à Bamako, il y a cinq ans.

— Tu sais, les enfants, ça oublie vite.

— Tu ne me reconnais pas ?

Je secoue la tête.

— Tu vois ? Qu'est-ce que je te disais ?

— Je suis Bintou, et celle-là, c'est Djeneba. Nous sommes tes *khora*.

— Donne-moi la raccorde qui est posée là-bas, me demande Mamedy entre-temps.

Je m'avance timidement pour saisir le tas, la baguette calée sous le bras. Et les poudres de salutations tombent sur moi comme des fleurs sur un couple de mariés. Quatre autres de mes supposées tantes, sortent leur tête pour voir.

— C'est Baba Hamet qui est là ! s'exclame ma *khora* Bintou.

Toutes viennent me saluer. La baguette en prend des sueurs sous mes aisselles, pendant que je donne des poignées de main. En quelques secondes, je deviens un invité de marque. Ravi d'être honoré et surpris que Mama ne m'y ait pas introduit. Elle qui m'a porté comme dans un panier de présentation mon premier jour depuis *la porte une* jusqu'à *la porte onze* des notabilités. À chaque étape, elle me désignait de la même formule : « Mon petit-fils Hamet, *iyo* le fils de Kaba. » Pourquoi ne m'a-t-elle pas amené au secteur des millions chez mes vrais Kaou ?

Une main se pose sur ma tête. Je lève les yeux et découvre la version ridée de M'ma. Nez tatoué comme Mama, portant les mêmes anneaux dorés et décorés au fil rouge.

— Tu as vraiment grandi. Quand tes parents allaient à Bamako, tu étais encore au dos de ta mère.

— Il ne m'a pas reconnue, ce n'est pas toi qu'il va reconnaître, s'étonne ma *khora* Bintou

— Je suis ta grand-mère.

Donc c'est elle, la fameuse Mama Cissé. On n'est pas chez les Français, sinon je lui aurai fait un gros câlin. Je me contente de frotter mes cheveux contre sa paume.

Mama Hata débarque à l'improviste. Elle salue sommairement. Mama Cissé s'offusque de ses manières :

— Même pas un bonjour, Hata ?

— Je n'ai pas de crédits de bonjour envers toi.

— Tu ne peux pas en avoir. Ton fils et toi ne m'avez pas respectée. Si mon petit-fils n'était pas venu aujourd'hui, il allait faire mille ans dans ce village sans qu'on se voie.

— Tu aurais dû demander à ta fille ! Elle est bien placée pour savoir.

— Le respect avant toute chose, c'était à ton fils de me l'annoncer.

— Annoncer ou pas annoncer, tu savais qu'il était là. Pourquoi n'es-tu pas venue le voir ?

— Donc, c'était à moi de me déplacer ?

Mama Hata *tchippe* et garde la tête droite. Elle m'arrache le pain complètement écrabouillé, et me pousse d'une main devant elle, m'ordonnant de partir. J'obéis et la devance. *Pougouti ! Pougouti !* Mama Hata déchire le vent avec sa grande robe. M'arrachant presque le bras qu'elle a fini par prendre, vexée par mon rythme lent, elle me traîne le long des rues. Nous arrivons à la maison. Elle veut savoir ce que je faisais là-bas. Je lui dis les mots de la rencontre avec Mamedy.

— Je ne veux plus te voir là-bas. Tu as compris ?

— Pourquoi Mama ?

— Le garçon appartient à son père, il n'est chez lui que chez son père. Tu restes ici.

Elle est sans tête. Je refuse aujourd'hui ! Je refuse demain ! Je refuse après-demain ! Elle mange seule son plat. Ensuite elle prend ses affaires, m'enferme et part à son verger. Je prends le tabouret, vais à l'avant-toilette, escalade le mur et retourne au quartier des millions.

Mon ventre n'est pas le coffre de quelqu'un. J'explique tout à Mama Cissé. Elle s'indigne en tapant des paumes :

— *Ayi* ! Hata a perdu la tête. C'est moi qui ne voulais pas de bagarre. Mais elle me cherche. *Walaye bilaye,* Hata me cherche.

Ma *khora* Bintou débarque, ayant entendu les mots de Mama Cissé. Elle veut savoir ce qui s'est passé. Mama Cissé lui dit tout. Au lieu de calmer les choses, elle se met à innocenter son fils, comme tenant une calebasse de lait et le lavant de tout soupçon :

— Depuis maintenant, il ne faut pas vous mêlez des âmes innocentes à des querelles lointaines. Hamet est venu de lui-même. Personne n'est parti le chercher.

Elle repart avec fureur. C'est Mamedy qui va avoir des ennuis. Mama et moi la suivons, anticipant ses mouvements comme si nous craignions un incident dans l'incident. Mamedy, courbé, hache à la main et cassant du bois, reçoit un coup sec de sandales sur la tête. Ce dernier jette la hache, et saute de l'autre côté du mur. Une espèce d'instinct de survie lorsqu'atterrit inopinément un objet sur le crâne.

— *Wanga katanté !* C'est toi qui nous ramasses les problèmes. Qui t'a dit de nous ramener Hamet ? Tu vois ce que tu as fait ? Tu es content de toi ?

— Laisse mon petit-fils tranquille. Il a bien fait. Nous avons trop longtemps toléré les frénésies de Hata. Si elle est une femme, qu'elle vienne le chercher cette fois-ci.

Elle me ramène dans sa véranda comme dans un bunker et verrouille la porte. Mama Hata fait violemment irruption dans la cour de mes Kaou, criant à l'enlèvement et à la séquestration de son petit-fils par une vieille frustrée. (Elle a probablement trouvé la maison vide à son retour, s'est mise en expédition rapide depuis les sentiers poussiéreux du centre jusqu'aux voies dégagées du quartier des millions ; son foulard sifflant dans le vent et les pas soulevant toute la matière de son passage.)

Mama Cissé, ayant entendu les accusations au-dehors, me demande de rester dans sa véranda et sort régler ses comptes. Je tente de jeter un coup d'œil par la fenêtre, mais je ne suis pas assez grand, et puis les rideaux sont tirés. Je prends le tabouret, monte dessus, et entre légèrement la tête sous les plis pour espionner. Je vois les deux Mama se rapprocher dangereusement. Ma *khora* Bintou sort en courant de la cuisine, la main à la bouche, pour crier le *woro-royi* du secours, alertant tout le voisinage d'un combat imminent.

— Petite sotte ! Pourrais-tu arrêter de crier ? Ne sais-tu pas qu'une femme ne doit pas rugir ainsi comme un fauve enragé ? Te manque-t-il de l'encens ou de *ladicologne* ? attaque Mama Cissé.

Mama Hata enlève son foulard, l'attache à la taille, puis s'exclame :

— *Ayi,* la clé fourre bien la serrure. Mon fils a épousé ta fille, mais je ne suis pas ton égale *deh*. J'ai le même âge que ta mère.

— Tu peux dire ça, oui, tu peux dire l'âge de ma mère, parce que ta bouche est fendue.

— *Walaye bilaye,* c'est la vieillesse qui met des douleurs qu'on ne peut sortir. Moi, Hata, si j'étais dans ma jeunesse, je t'aurais brisée en deux. Même ta mère ne peut pas me dire ça.

— C'est aujourd'hui que tu sais que tu es vieille, *walaye,* c'est aujourd'hui. Quand tu tuais ton mari, pour ensuite venir t'installer chez le mien et le tuer, tu avais oublié ton âge.

Les phrases s'échangent en toute violence. Les hommes viennent, alertés par les cris de ma *khora* Bintou, pantalons bouffants gonflés par la vitesse du vent. Ce genre d'hommes qui n'ont plus aucune utilité sociale si ce n'est accourir dans les conflits pour verser la morale et dire les torts et les raisons entre les âmes querelleuses. Ils sont suivis de leurs épouses, raconteuses professionnelles, et des gamins affairés. Alors les sermons partent tout seuls.

Les hommes, qui sont venus hier, ont organisé une palabre. Mama Cissé refuse de me laisser partir chez Mama Hata. J'entends les mots, arrêté sur un tabouret dans l'avant-toilette de Mama Cissé, la tête dépassant légèrement le muret, et les yeux à l'affût du moindre mouvement qui détecterait mon intrusion. Je n'ai pas le choix. Un monsieur aux babouches blanches et au chéchia rouge l'a décidé. « Il faut éloigner les enfants », ce que disent les adultes dès qu'ils s'apprêtent à dire des contre-vérités, à dire les choses à moitié, à tourner autour du pot, comme des lionnes autour d'une girafe qu'elles peinent à épuiser, sans jamais aborder les questions qui fâchent, et prennent les enfants pour les derniers-nés de la dernière pluie qu'il faut tenir loin. Je lève mon majeur contre cette dictature. Moi, garçon impoli, mal élevé, snob, hautain, qui ai beaucoup appris le français, qui ne respecte plus personne, je mets mon nez dans leurs pets d'adultes mangeurs de haricots pourris.

Exceptés les deux Mama et leurs foulards remontés comme des bosses de chameau, puis quatre messieurs enturbannés, tous les autres sont assis de dos, et forment un demi-cercle, d'où je ne distingue que les têtes – une rivière de crânes chauves, de turbans et de chéchias. Je reconnais le turban bleu azur de Demba qui est coincé entre deux crânes chauves. Un monsieur prend la parole. Rien qu'à entendre sa manière de siffler les s et de transformer les f en h, je reconnais la voix nasillarde du griot Quatre-Pile. Il laisse la place à un autre qui dit :

— Si tu vois un intestin droit, c'est qu'il y a un bâton là-dedans ; et si un bâton se retrouve dans un intestin, c'est que l'intestin est sorti des rangs. Sinon, un bâton n'est jamais assez impoli pour faire cela dans le ventre.

— *Mokho siri !* Le margouillat ne rentre que là où le mur est fissuré !

— Ce qui nous a réunis aujourd'hui est une chose très vilaine.

— *Hatè !*

— Le mariage est un être vivant et il possède trois âmes (il compte sur ses doigts) : l'âme de l'époux, l'âme de l'épouse et son âme propre. Il meurt à chaque fois qu'une de ces âmes sort.

— *Mokho siri !*

— Vous êtes au bord de vos tombes, et c'est vous qui cherchez encore des querelles. Regardez votre petit-fils et regardez-vous ! N'avez-vous pas honte ?

— Toi, Cissé, nous ne voulons plus t'entendre dire qu'elle a tué son mari et tué le tien. Ce qui est arrivé est la volonté de Dieu. Ton mari était le plus jeune. Qui était Dieu pour savoir qu'il allait mourir un an après son frère ?

— Personne ! Personne ne connaît les plans du Seigneur !

— Quant à toi Hata, sache que l'enfant n'est pas ta propriété. Si l'envie lui prend de voir Cissé, tu ne peux pas l'en empêcher. Même si notre fils a commis l'erreur de ne pas prévenir Cissé de son arrivée, tu ne vas pas inventer une nouvelle règle dans notre village. Aucun petit-enfant n'a besoin de permission pour voir sa grand-mère.

— Maintenant Cissé, demande pardon à ta grande sœur Hata qui est assise là.

Ceci fut ainsi. Une voix qui ressemble à celle de l'imam Chapelet-Court se met à réciter des versets coraniques pour bénir la réconciliation et chasser le diable. Tous tendent les bras vers le ciel. La palabre semble donc se conclure.

— Cissé et Hata ont poussé leurs enfants à l'exil par leur mésentente. Qui aurait pu imaginer cela aujourd'hui ? Nous remercions

Dieu pour cette réconciliation, psalmodie une voix.

Elle tombe comme un missile de fabrication russe dans un camp militaire américain. Mama Cissé se lève, attache son foulard autour de sa taille (ce qu'elle sait faire de mieux) :

— C'est là que tu as menti. C'est à cause de toi que les enfants sont partis à Bamako. Ce que Hata ne peut pas te dire, moi je vais te dire. Aujourd'hui, mes enfants sont assez grands et je vis bien par la grâce d'Allah. Je n'ai pas peur de tes représailles. On a assez lavé le caca avec l'urine dans cette famille !

Deux femmes accourent de nulle part pour l'arrêter dans son élan et la contraindre à se taire. Elle se débat. Elle indexe un crâne chauve :

— Je suis une femme certes, mais je ne suis pas une stupide âme. Ce qui s'est passé avec Hata ne regarde que nous. Mais vous aussi, vous êtes au bord de vos tombes et vous avez détruit cette famille.

Les deux femmes appuient leur poids à Mama Cissé. L'une d'elles tente de porter la main sur sa bouche, en criant des « *Cissé kourou* » à gauche et à droite, pendant que Mama Cissé tire son cou et esquive la main pour dire :

— Si je me suis tue jusqu'ici, c'était par respect. Si j'ai accepté votre version des faits, c'était également par respect, parce que vous êtes les pères de mes enfants. Mais c'est trop ! Je ne peux supporter de tels mensonges en public.

Les autres hommes, pétrifiés, essaient de rattraper le missile en menaçant par des : « *Cissé makhan nia* » et des « *Cissé sabari* », comme une chorale dont le volume monte pour masquer celui de Mama Cissé. (Parler plus fort que l'autre, c'est se faire entendre.) Mama Cissé finit par se lever, renversant au passage les deux femmes qu'elle éjecte comme des bouchons de champagne qui sautent, puis elle prend ses chaussures et se dirige vers son bâti. Elles la supplient de ne pas partir. On ne manque pas ainsi de respect à tous ces grands messieurs présents. Je descends du tabouret, cours vers la véranda et pars me rasseoir comme si je n'avais jamais bougé.

Elle arrive, s'affaisse sur la natte, dos contre le mur, puis se met à pleurer. Je m'approche, complètement assommé, et tente de la consoler. (J'ai regardé trop de films.)

— Ça va aller Ma'Cissé ! Je suis là ! Personne ne peut te faire du mal.

— Tu es bien brave mon petit mari ; me répond-elle en essuyant ses larmes du bout de son voile rabattu sur l'épaule.

Elle réajuste le pagne pour se couvrir les jambes :

— Je sais que tu as tout entendu.

— Non ! Je te jure !

— *Chuuutt.* Les hommes ont raison, entre moi et ta mama Hata, ça n'a jamais été facile. Elle est étrangère comme moi. Nous aurions dû être les meilleures amies du monde. Mais cette femme ne m'a jamais aimée. C'est la première personne qui m'a clairement mis des bâtons dans les roues. Même les deux femmes peules m'ont mieux traitée. Mais ce n'est pas la cause du départ de tes parents.

— Quelle est donc la cause ?

— Écoute-moi très bien mon petit mari ! Ton père n'est pas parti à cause de la querelle entre Hata et moi. Comme je l'ai dit devant tous ces hypocrites qui voulaient me faire porter le chapeau. Kaba, est parti à cause de ton grand-oncle et de sa tête, on dirait une carpe fumée. La « nouvelle maison » où habite ton grand-oncle n'était pas faite. Nous vivions tous ici dans cette maison. Il n'y avait que des cases en terre. Ta mama Hata et moi partagions les mêmes toilettes pour te dire combien nous étions à proximité. D'ailleurs nous n'avions pas le choix, nous étions seulement cinq belles-filles dans la famille. Elle, les deux femmes peules, ta mama Sirandou (la mère de Demba) et moi.

Elle s'arrête, puis pince son nez et se mouche bruyamment, collant la morve par terre (beukhh). Elle s'essuie le doigt sur le bout du voile et reprend :

— Même aujourd'hui, si la palabre a eu lieu chez moi, ce n'est pas parce que c'est une maison du quartier des millions, ni parce que tu es retenu ici. Parce que c'est la maison première du clan, celle dont les fondations ont été bénies par les ancêtres.

— Ma'Cissé, tu n'as pas parlé de ce qui m'intéresse.

— J'y viens mon petit mari. Le père de Kaba était l'un des hommes les plus riches du village. Il possédait plus de bœufs et de moutons que quiconque. Après sa mort, ta Mama Hata et moi sommes devenues co-épouses par le lévirat.

— C'est quoi le lévirat, Ma'Cissé ?

— Ici, quand un frère meurt, un autre remarie sa veuve. C'est la coutume. Mais ! Ça n'a pas duré longtemps. Le père de Siga est décédé l'année suivante. Ta mama Hata est donc partie chez ton grand-oncle pour un second lévirat. Kaba et ses frères ont voulu récupérer leur héritage. Ton grand-oncle a dit qu'il n'y avait pas d'héritage. Les autres n'ont jamais émis la moindre protestation. C'est Kaba, ton père, qui s'est rebellé. Il a convoqué son oncle chez le chef Vieux-Cailcédrat. Ce dernier a contraint ton grand-oncle à lui remettre sa part d'héritage, équivalant à deux cents têtes de bœufs et cent cinquante têtes de moutons ; sans compter les veaux et agneaux y afférant. C'est pour cela que ton grand-oncle l'a poussé à s'en aller. Au début, il le harcelait, l'obligeant à cultiver pour son compte. Quand il a vu que ça ne marchait pas, il s'est mis à harceler Siga. Tous les jours, il lui trouvait des défauts. Une fois, il pleuvait, ton grand-oncle a obligé Siga à lui transporter son déjeuner depuis le centre jusqu'au quartier des millions, ici, où il avait ouvert une épicerie. Kaba est venu me voir. C'est moi qui lui ai conseillé de partir. Parce que s'il faisait autrement, on allait dire que c'est un enfant maudit qui n'arrête pas de chercher la querelle à son oncle. Après que Kaba est parti, ton grand-oncle et son fils Demba ont vendu les bœufs, puis lui ont annoncé que son bétail avait péri à cause de la maladie bovine. Comme si la maladie ne ciblait que les bœufs de Kaba. Il avait laissé deux motos en partant. Demba a usé les deux motos et fini par les transformer en porte-calebasses pour sa mère et ses épouses. Kaba possédait une maison en dur crépi en ciment. Ton grand-oncle l'a fait raser et a réutilisé les matériaux pour construire son magasin. Lorsque tes oncles ont protesté, il leur a rendu la vie difficile de la même manière jusqu'à ce que ton oncle Waly s'exile en Gambie et ton oncle Gollé en Sierra Leone. Ta mama Hata étant remariée en lévirat à ton grand-oncle, il l'a empêchée de partir.

Je suis en ligne avec M'ma. Je lui dis que je sais tout, sur N'pa, sur elle, sur le village. Un silence. La ligne de téléphone grésille. Un nouveau monde s'insère dans nos liens. Elle me dit que je suis un homme maintenant. Lorsque je lui demande ce qu'est être un homme, elle me dit d'aller voir le fromager derrière la maison. N'importe quelle offrande ferait l'affaire. J'attends que le soleil ne soit plus dans le ciel, et que ses éclaboussures ne tachent plus l'horizon.

Ici, ce qui est gorgé d'eau est à presser. Mon corps est gorgé de cafards. Il va exploser comme la cervelle de l'adulte qui joue à saute-moutons, comme le cœur de l'enfant qui prépare son mariage, comme le poumon de l'adulte qui tue les fourmis, comme le cerveau de l'enfant qui garde des secrets. Je ne veux pas subir ma vie. Je ne veux pas être comme ces adultes qui passent leur temps à mentir, à faire semblant que tout va bien, et puis un jour la vérité leur pisse au visage. Ils n'ont plus de bras pour s'essuyer. L'urine dégouline. Ils sentent le vieux matelas. Non, je ne veux pas ! Je préfère attendre un jour meilleur, sans amertume, à l'abri du soleil des grands dangers, des champs semés au courage, et les bêtes nourries à l'espoir, peau de chagrin dont il ne restera que le nom à la fin.

À cet instant précis, Mama Hata dort paisiblement. Carapaçonné dans mon *samidoro* chargé des effets sacrificiels, je me faufile lentement au dehors. L'arrière de la maison se trouve sur une pente. Je la gravis et débouche sur l'entrepôt de bois. Je pousse péniblement un battant du portail. Du bois sec à profusion. Je me sers. Je porte le tas sous le fromager. Un chant se forme sous ma langue pendant que je frotte l'allumette : « *Grand fromager, arbre de mes ancêtres. Je t'offre ces cahiers en guise de sacrifices. Prends-les pour ce qu'ils sont, et guide-moi.* » Un feu formidable démarre. Le bois ne se plaint pas des crépitements. Les contours de l'arbre s'effacent derrière la fumée.

Voilà que le cheval blanc me porte sur les terres où le temps a creusé des sillons de vérité. Un vieil homme prononce le prénom de l'enfant dans son oreille : « Hamet, tu t'appelles Hamet ». La tête de l'enfant est rasée.

Ses cheveux sont enveloppés dans un morceau de pagne, avec son cordon ombilical. Ils rejoignent le placenta sous le fromager, comme ceux de son père, du père de son père, et du père de celui-ci. Un bélier est égorgé. Huit semaines plus tard, l'enfant perd son prépuce. Le morceau de peau rejoint l'enveloppe de cheveux et de cordon ombilical. Le vieux forgeron dit que l'enfant sera un homme s'il apprend à souffrir dans le jeu et à s'amuser dans la douleur, sans pleurer dans la défaite.

Il dit aussi que, lorsque la vérité advient, nous sommes dévorés par l'angoisse. Nous répétons à qui veut les entendre nos peines. C'est plus fort que nous. Nous cultivons la douleur. Nous la multiplions. Cela peut nourrir plusieurs vies, voire plusieurs générations. Et peut-être un jour, le dernier mot sortira de notre bouche, et emportera toutes les brisures que la vérité a faites en nous. Jeune homme, entre dans la vie, et n'aie pas peur.

Fin septembre. Les dernières pluies réveillent le parfum argileux du Sahel, et affolent les oiseaux sortis des dernières verdures. Les quelques criquets qui résistent encore à la raréfaction des pluies trouvent refuge près des rivières asséchées où se débattent les larves et poissons dans les dernières poches de résistance liquides, quelquefois pris au piège par les enfants en quête de goûter. Le soleil chante le premier couplet de la saison sèche, et appelle l'harmattan à sortir des humidités. Moi, ventre développé, nez épaté, pommettes saillantes, un bâton-samba à la main comme un berger peul, je déambule dans les rues du village. Je croise un groupe sur une charrette. Je les salue d'un geste de la main. Charrette-stop. À bord, deux adultes et une dizaine d'enfants. L'un des adultes, assis à côté du conducteur, me demande si je veux monter à bord pour rejoindre les champs. Je réponds non. Les plus jeunes se moquent en me demandant ce que je fais ainsi dans la rue au lieu d'aller récolter. Je reste silencieux, partagé entre l'envie de me dédire et de les suivre, et l'annonce de mon départ. L'adulte-conducteur me relance pour être sûr. Je ne réponds pas. Pressé, ce dernier fait redémarrer son âne. La charrette s'éloigne. Je crie : « Je repars dans trois jours à Bamako. » « La chance ! », laisse échapper un des enfants, vite recadré par l'adulte-conducteur : « Tu ferais mieux d'économiser ton énergie pour récolter, tu n'es pas près de franchir le seuil de Yélimané. » C'est ainsi. Le monde paysan part à ses récoltes pendant que les privilégiés de mon espèce préparent leur départ.

En rentrant à la maison, je longe la rue des lions. Dans la perspective des poules qui picorent devant moi, un troupeau de moutons se disperse, gêné par ma présence. Le bruit lointain d'un pilon fait des échos. Je rassemble mes affaires et rejoins mes grand-mères à l'extérieur. « Que Dieu te garde sain jusqu'à ta destination ! Transmets nos salutations. » Les derniers mots de Mama Hata et Mama Cissé me résonnent dans la tête. La longue formule, qui les a précédés, a failli me tirer les larmes de l'œil. « Tu es l'aîné ! N'oublie pas d'où tu viens ! » ; « Tu es le ciment de ton père. » ; « Tu es celui qui montre le chemin aux autres » ; « N'oublie pas ta famille ! Sois brave et courageux pour défendre ta famille et tes amis. » ; « Reviens nous voir au village autant que tu peux, cette maison est également la tienne. » Chacune à son tour, comme dans un chant *A cappella*, me dit au revoir de la plus traditionnelle des manières.

Bamako, c'est la ville qu'a choisie mon père pour nous, lui-même travaillant en France, *yigo andaga* France, un ouvrier qui casse les murs des toubabous en France et nettoie leurs immondices. Il y a été contraint, presqu'exilé, chassé de son village, mais c'est désormais la ville où j'ai choisi de vivre, que j'ai choisi de vivre.

Remerciements

Une profonde gratitude à l'endroit de ma famille au Mali, en France et au Canada : mes deux mamans, mon père, mes frères et sœurs, dont je suis si fier. Merci d'avoir supporté le petit Français.

D'autres noms me viennent à cet endroit de reconnaissance : Sarah pour son sa présence, ses précieux conseils et son soutien indéfectible ; Samuel pour cette réponse qui a tout changé ; Sylvain, Christine, Olivia et Vincent pour avoir lu toutes les versions imaginables de ce texte y comprises celles qui sont devenues des simples matériaux ; Edouard et Christophe pour leurs amitiés inconditionnelles ; l'agence Trames pour avoir donné une chance à ce texte; ainsi que la Bibliothèque Publique d'Information du centre Beaubourg (Paris) pour ses sièges confortables et ses prises électriques.

Je pense également à la galaxie Marie-Curie : Falassa, Nazirou, Momo, Moussa, Nakourai, et tous ceux qui apportent du bonheur au petit Diadié.

Un merci définitif à Anne-Sophie, mon éditrice.

13716

Composition
PCA

Achevé d'imprimer à Barcelone
par CPI Black Print
le 22 janvier 2023

Dépôt légal janvier 2023
EAN 9782290377154
OTP L21EPLN003335-541537

ÉDITIONS J'AI LU
82, rue Saint-Lazare, 75009 Paris

Diffusion France et étranger : Flammarion